나는 미로와 미로의 키스

시인의일요일시집 **009**

나는 미로와 미로의 키스

1판 1쇄 펴냄 2022년 9월 30일
1판 3쇄 펴냄 2023년 8월 1일

지 은 이 김승일
펴 낸 이 김경희
펴 낸 곳 시인의일요일

표지·본문디자인 노블애드
경영지원 양정열

출판등록 제2021-000085호
주   소 경기도 용인시 기흥구 연원로42번길 2
전   화 031-890-2004
팩   스 031-890-2005
전자우편 sundaypoet@naver.com
블 로 그 https://blog.naver.com/sundaypoet

ISBN 979-11-975090-9-4 (03810)

값 10,000원

나
는
미
로
와
미
로
의
키
스

김승일 시집

| 시인의 말 |

불안과 공포마저 차렷 자세였다
가해와 피해가 들러붙은

오래된 자세를 비틀거나 꺾어
외피를 부순다

그들을 다시 만나야 한다면
그들을 다시 만나러 가야지

미로와 미로를 건너 만나고 돌아올게
아픈 피들을 잊지 않을게
오직 살아 내는 힘으로만 슬픈 피를 희석시키고 있는

널 혼자 두지 않을게

| 차 례 |

0

1

4

5

0

대면 혹은 재회

그날, 그곳으로부터

김 병장의 제안

황 일병은 도망쳤어
군홧발로 모가지를 밟았더니
헌병대에 신고하고 튀었어
김 이병!
너도 똑같이 신고해 봐
이번엔 진짜 죽여 버릴 거니까

발가벗고 서 있었다 불 꺼진 부식창고 안에서 모든 울음을 새어 나오게 하는 기술이 발명되었다 통증과 수치를 삽처럼 쥐고 희망을 토막 내 죽였다 우리 사이에 수십 가지의 비밀이 만들어졌다 끈끈이에 들러붙은 쥐, 승일아 손으로 뜯어내 봐 고통이 흘러나왔고 맨손으로 만졌다 더러운 새끼, 뺄도 없는 새끼 엎드려 이 씨발새끼야 (담배에 불붙이는 소리) (담배가 타들어 가는 소리) 시랑 콩이나 깠다며? 대답하라고 이 개새끼야 생산과 착취와 재분배의 이름으로 잔인한, 그의 이름이 새겨진 화이바로 내 머리를 내리쳤다 허락도 없이 옷 속으로 손이 들어와서 폭력을 행사하는 건 남자였다 어떤 식으로든 계급이 높은, 남자였다

내 관물함을 뒤져 읽었던 그가 다시 물었다 시랑 콩이나 까고 있
었다며? 응? 나는 점점 주체가 되어 간다고 생각했다 나는 점점
모욕이 가능하도록 벌거벗은 주체가 되어 간다고 생각했다 쓰
는 나는 명령하는 잠이 쏟아지고 쓰는 나는 시키는 대로 엎드리
고 쓰는 나는 귓속으로 아무 소리나 들어오는 평생을 안고 죽
을 자리를 파고 있었다 귀가 마음대로 쑤셔 박히는 날이 많았다
욕설처럼 오고 가는 극적인, 온몸으로 저항하는 온몸의 거부반
응 팔다리에 붉은 반점이 돋아나서 내게서 떠나지 않는 가혹한
꽃들이 영원처럼 빠른 기차를 타고서도 영원처럼 이어지는 철로,
아무것도 할 수 없는 순간이 있었다 고개를 틀고 통증이 어디서
비롯되는지를 놀라 돌아보는 일과 속에서 미친 꽃들이 검은색으
로 지나갔다 나는 미치지 않기 위해 웃었다 나는 죽지 않기 위해
울었다 죽고 싶지 않아요 죽고 싶지 않아요 새겨진, 나는 죽지 않
기 위해 다시 울음을 멈추었다 살고 싶지 않은 모든 순간이 나의
얼굴 윤곽에서 거미새끼들처럼 쏟아져 나오는 것을 말없이 보았
다 내가 결정적인 순간에 왜 담배 피우는지 알아? 너 같은 새끼를
진짜 죽일까 봐

무수한 주먹을 다 받아들이면 그게 마침표였다 오늘의 문장이
완성되었다

나는 왜 견딜까

끈끈이에 붙은 것들을 맨손으로 뜯어내야지

나는 분명 다른 인간이 되어 있을 거야

폭력의 여유

　여유가 있네, 이 개새끼, 낮은 톤의 목소리가 환청처럼 들려오고 석고로 본뜬 것 같은 기괴한 표정이 내 이마에 찍힌다 걸어오는 자를 아지랑이는 막질 못해 나무도 숲도 잡풀들도 그 시간의 흐름을 어긋나게 하질 못해 나는 가까워지는 괄호와 괄호 사이에서 눈물을 증발시킨다 나는 낮 동안 기상천외한 기계 속에서 갈리었어 내 유두를 건드리는 칼날에 진절머리가 나서 온갖 욕설을 눌러 짜는 고름의 밤 화생방에 젖은 눈알처럼 수통의 물을 다 써야만 사라질 고통처럼 나를 그리마 절규하는 표정을 그리마 이마 위로 기어 다니는 모멸감 스위치를 끄기 위해서, 누군가는 머리를 계속 벽에 부딪치는 밤 나는 어둠 속에서 코를 베는 느낌을 상상했어 잘못 쏜 총알처럼 삭제가 불가능한, 나는 미칠 수도 없어, 포기하지 않았으니까 나는 개새끼 씨발새끼 개좆같은 새끼 욕설로 문드러지는 새벽까지, 침구 속에서 혹한을 견디는 병신, 달궈진 다짐만이 북소리처럼 나를 간신히 살리고 죽이고 드럼통 핑그르르 허공에서 구르는 것을 봤고 누구는 다리가 절단되었어 다리를 절단하고 차라리 여길 떠났어 떠나지 못하는 나는 왜 울지도 않을까 견디다가 잠긴 눈으로 천장을 응시하는 병사의 울음은 아침이 되면 더 은밀한 곳으로 옮겨졌어 갖가지 실험의 목록들이 나의 목덜미에 새겨졌어 분명히 잠가 둔 소총이 사라지는 것처럼, 지뢰를 밟은 병사의 다리가 오려지는 것처럼, 하나 남은 손가락이 방아쇠에 걸리는 것처럼,

이 새끼 상의 탈의시켜 봐
이 새끼 진짜 여유가 있네
씨발새끼야 네가 벗으라고
남자 새끼가 젖가슴이 있어
이리 걸어와서 손가락에 네 젖가슴 걸어
아니라면 내가 걸어 줄까?

땅에서 강제로 뽑혀진 당근을 본 적이 있어 뽑아 오라고 말하면 닥치고 뽑아 와 소리 없이 지나가는 저녁이 있고 도마 위에서 주황이 썩둑 썩둑 잘려 나가는 소리를 듣는 밤이 있어 내가 지금 당하고 있는 것은 무엇일까 내가 지금 펼치고 있는 이 소리 나지 않는 울음은 무엇일까 슬픔은 슬픔을 말할 여유가 없어 슬픔은 슬픔을 다시 점검하고 슬픔 아닌 것으로 일어날 힘이 없어 현장으로 나가지 않아도 백지 위의 현장에서 나는 울 수 있어 너무 극

적으로 명확한 사진 한 장이 폐 속에 붙어 있어서 숨을 내쉴 때마다 그을음의 냄새 그들이 씹다 버린 껌의 이빨 자국 같은 시간의 패임 그 좆같은 사건사고 달력에 매여 나는 매립할 수도 없는 나의 절망을 뒤집어썼어 숨을 쉴 수 없다고 발광 고통을 기억하라고 명령 오늘만 잊을 수 있냐고 조롱 숨을 고르고 탕! 반작용을 느낄 수 있게 꺽, 꺽 우는 존재를 만나 개같은 새끼들아 제발 죽어, 그래 나는 걸어가 나는 그들에게 자꾸 걸어가는 여유가 있는 개새끼야 나는 조롱과 부끄러움을 한 아름 안고 사는 개 씨발새끼야 나를 더 수치 속으로 함몰시킬 너의 그 부러뜨릴 수 없는 손가락을 향하여 나는 가슴을 달고 걸어가 나는 가슴 달린 괴물이야

　나의 관자놀이에서 딱 한 발의 총성이 들렸어

여기 있는 모든 병장들이 널 사랑한다는 거 알지?

해준이 형은 밝고 똑똑해서 고참들에게 사랑받았다. 해준이 형은 나보다 먼저 일병을 달았다. 해준이 형은 부대 수영장에서 익사한 채로 발견되었다. 9·11 테러 다음날이었다. 해준이 형이 왜 거기에 둥둥 떠 있었는지, 한 달이 지나고 일 년이 지나도 원인을 몰랐다. 해준이 형의 부재는 간결한 사인死因으로 대체되었다. 아무도 모르니까 아무도 처벌받지 않았다.

구타 후엔 빈츠를 사 주세요 최 병장님

오늘 아침엔 녀석을 어떻게 죽여 놓을까 생각했어 흠씬 패 주고 피엑스에 데려가야지 녀석은 빈츠만 사 주면 좋아해 사 주면 잊어 줘 사 주면 용서해 머리만 긁적여도 가드를 올리지 내가 빨아 제끼는 담뱃불 너머로 울고 있는 눈동자가 보여 애원, 나는 그게 너무 지겨워졌다니까! 머리가 확 쪼개지게 한번 패 볼까? 오늘은 피오엘 세 바퀴를 굴리면서 씨비메쓰의 랩, 한 소절을 반복 재생시켜야겠어 얼뜨기 표정에다가 다시 물었지 드렁큰 타이거? 우왕킨 타이가? 굿 라이프 good life? 얼굴에 괴물이 붙은 생 울상, 녀석에게 제목을 붙여 봤지 이건 어떠냐고, 하는데 리스펙트 하는 거야 쪼다처럼 웃으면서

어제는 네가 래퍼라고 생각해 봐, 했더니 그걸 진짜 하더라고 드럼통 사이로 걸어오면서 랩을 하는 병신 플로우랑 라임이 어떠냐고 너스레를 떠는데, 때리기는 싫더라 살면서 한번도 보지 못한 웃음을 삼십 분 동안 지불하더라 제대한 고참들은 말했지 늘 때리고 싶다 때리고 싶다 저 찌질해 보이는 새끼를 죽도록 패고 싶다 녀석의 표정이 간절해서 때리기도 전에 알 것 같아 그게 뭔지, 웃음이 나와 왠지

그러니 녀석이 조금이라도 편한 꼬라지를 볼 수가 있겠어? 안 되겠지? 그 새끼 서랍에 뱀을 넣어야겠어 그 새끼 심장이 죽어 있는 뱀에 멈출까, 살아 있는 뱀에 멈추게 될까

1541 콜렉트콜

얇고 가느다랗고 투명한 것들과 닿고 싶었다 손을 잡고 싶었다 안아 주고 싶었다 내가 연약해지는 만큼 함께 연약해지는 세계가 있을까 반디처럼 깜박이는 언약의 세계로 우리는 함께 날아갈 수 있을까 부서지기 쉬운 것들만 서로를 안고 싶어 하는 밤이 있었다 시를 읽어 주는 밤이었다

즐거운 박 병장

거기로 손을 뻗었을 때 놈의 표정은 부끄러워지고 있었어 거기 대체 뭐가 들어 있길래 너 자위했냐? 딱딱하게 굳은 팬티 군용으로 준 걸 너는 이따위로 쓰고 있구나 놈의 표정을 너도 봐야 하는데 물론 너도 나도 자위는 하지 그런데 그렇게 숨기는 꼴을 보고 있자니 마치 쥐새끼 같다고나 할까 부모가 방문을 열어제껴도 최고조의 흥분 때는 마저 흘러넘쳐야 끝이 나는 거 나는 놈을 그냥 둘 수가 없었어

우리 막내, 팬티 검사 좀 할까? 보일러실이 참 따뜻하지? 방음이 잘 되니까 혁대를 풀고 바지를 내려 고개를 들어 볼래? 너 시 쓴다고 했지? 차분히 읽고 쓸 시간이 있니? 비유하지 말고 있는 그대로 바짝 세워 보라고 시 따위나 쓰는 병신 새끼야 고개를 떨어뜨린 채로 그렇게 땅만 보고 있는 존재들을 보면 화가 치밀어 올라 뒤통수를 가격하면 어떻게 튀어 오를지 궁금하지 않아? 너는 안 궁금해?

사회에 있을 때는 어떤 새끼가 자꾸 쳐다보면 그대로 멱살 잡고 화장실로 끌고 가, 변기 뚜껑으로 내려찍었다고 말해 줬어 그

걸 곧이곧대로 믿는 놈을 어떻게 그냥 두냐 화장실로 끌고 갔지 분명 우는 건데 소리가 안 나 지금도 어디선가 화장실로 급하게 뛰어 들어가서는 한 번씩 두 번씩 나를 지우고 싶을지도 몰라 손만 갖다 대도 온몸에서 흘러나오던 겁먹은 몸짓으로 몸을 후드득 후드득 두 번씩 세 번씩

심장이 뛰는 곳, 여기가 조금씩, 변하고 있다
는 걸 알았니?

앉아 쏴 자세로 흘러나오는 오줌 군홧발
엎드려 쏴 자세로 흘러나오는 핏물 군홧발

두려움이 썩어 혐오가 되지 않게
태양을 맨눈으로 보고 있어

일등병, 셰에라자드

모두가 눈을 감은 복도 끝까지
나를 찾는 전화벨이 울리고*
선서
절대로 발설하지 않겠습니다
절대로 소리 내어 울지 않겠습니다

슬픔은 진화해요
슬픔을 받아서 내 정수리에 부어 주기 시작했어요 웃어야 해요

밤마다 나는 셰에라자드
여자가 되기도 했어요 나는
아이가 되기도 했어요 나는
동물이 돼 버린 것을 감사했어요
밟아 죽여도 되는 벌레가 돼 버렸어요

* 최승자

울음의 역사

뱀은 자기보다 작은 뱀을 먹는다
뱀은 탐욕에 자기보다 큰 뱀도 먹는다
먹다가 뱉고 도망간다
뱀은 자기 자신도 꼬리부터 먹는다
뱀은 자기 독을 스스로 해독하지 못해
혀를 깨물면 죽는다

　폭력과 성폭력이 합체하는 순간들[1] 연약한 모든 곳에 들러붙
었다 나의 주적은 북한이 아니었다 주적은 같은 부대 마크를 단
선임병들 이불 속으로 침입하는 주적들에게, 나는 다행히 소총[2]을
갈기지는 못했다 김 병장 대가리에서 곤죽이 나오도록 총알을
쑤셔박지는 못했다 타 부대에선 누군가 총기를 난사했고, 나는
9월 11일 휴가를 반납해야 했다 공군부대 수영장에선 병사 하나
가 익사한 채로 발견되었다[3]

---

1) 없는 애인과 이별을 했고, 그 연애는 가림막 하나 없는 제2내무반에서 아랫도리부터 벗겨졌다
（「씨발새끼 지랄하고 자빠졌네 인격 살인이라고? 너는 살인을 했어 이 씨발새끼야」 중에서）
2) 분노를 누구보다 빠르게 분해했다가 다시 조립할 수 있다면 다시 기름으로 반들반들 닦을
수 있다면 （「소총을 들고 구타를 당했기에 알알이 근육 속에 박힌 좆같은 추억들」 중에서）
3) 맞아야만 했다 왜 때리는지 추측해야 했고, 증명해야 했다, 모든 사건사고의 피해자들은 피해자
임을, 자기 자신이 증명해야 했다 （「없어진 게 아니야 사건사고달력에 다, 기록돼 있어」 중에서）

그를 애도하던 날, 나는 네 명의 병장을 받아 내고 있었다
김 병장이 들어왔다가 나가면
이 병장이 들어왔다가 나갔다
박 병장이 들어왔다가 나가면
김 병장이 들어왔다가 나갔다

쥐가 파먹은 쌀가마, 떨어지는 쌀알만큼 수치를 주워 담아야
했다 나는 흘러
　구타를 자위처럼 즐기고 영창에 처박힌 김뱀이 떠올랐다
　개새끼는 자꾸 연상하게 한다 개새끼를 자꾸 호출한다
　연대하여 자꾸자꾸 더 큰 개새끼의 무리를 차출한다

　나는 무너져 내린 빠레트에 처맞고 처음으로 씨발이라고 한 것이
너무나 미안해 웃었다 히죽 해죽 웃음이 나오지? 웃음이 나오냐?
웃음이 나와? 세 번만에 움푹 들어간 정강이 세 번 다 받아 낸 정강
이가 어떻게 새빨간 피 속에서 기억할까

기필코 웃고 싶어서 영내 밖까지 들리게 엉엉 울어 버린 작금의 병사들을 존경한다 보급반 황 일병은 쪽팔려도 피엑스로 피신했고 냉동만두를 데워 먹으며 돈이나 세고 있다 취사반 정 이병은 쪽팔려도 칼등으로 머리를 얻어맞지는 않는다 지금은 행정반이다 지금 사람답게 울 수 없다면 내일은 좀 더 온화해지겠지 용서가 되겠지 일러 준 선임병을 따라갔다면 그들은 소총 난사를 했을까 어디 수영장 물결 위에 둥둥 떠 있을까

그들의 서랍 속에는 몇 마리가 죽어 있었을까 셀 수 없는
긴 뱀이 있다 잘라도 끝이 없는 김뱀의 역사가 있다
울지 않고 지나간 오늘로 인해 너와 나는 더 슬프게 내일 무너
질 거야
여기서 안 무너지면 저기서 저 너머에서 갈기갈기 찢겨질 거야

그러니 군홧발 같은 혀와 입술로
군화같이 잘 닦인 두려움으로

한 사람이 먼저 울었고 슬픔에서 빠져나오자 한 사람이 울기 시작했다

눈물의 종주국은 어디일까?

개씨발 같은 과거로부터 많이 흘러왔어 그렇지?

나의 눈물로 너의 눈물을 치리라 씨발 같지?

이걸 아무도 눈물의 역사라고 책에다 기록하지 않는다

눈물의 성분은 무엇일까?

거의 다 같다고 한다

내러티브 욕조
— 양잿물이 쏟아지는 제10내무반

거대한 욕조 안에 퐁당 들어간 향기로운 적의 하나 적의는 뭘까 (계속 닦는 적의) 돼지기름 같은 분노를 녹여 버리는 적의 밥고 뒈지게 만들 수 있는 적의 스타킹에 넣고 휘휘 돌려서 머리를 후려치는 살구향 적의 때문에 욕조 바닥이 안 보여 대가리까지 푹 담그고 나면 비밀이 쏟아질까? 욕조는 너희 것이고 너희 비밀이 녹기 시작했고 적나라한 적의 상처받은 적의가 적의를 불러오는 모든 구멍에서는 적의가 나온다 내가 이 사이로 뱉은 침도 빠져나갈 수 없는 여기에 다 들어오게 되어 있다 혼욕을 하자 나는 제일 먼저 들어와서 제일 늦게 나가는 사람 나와 같은 부력을 느꼈어? 맨 마지막으로 들어온 자들까지 싹싹 모아야 해 너희 목구멍에 적의의 목젖을 떨어뜨렸는데 몰랐어? 적의가 너희 목울대를 건드렸는데 몰랐어? 너희 목소릴 잘도 써먹고 다니면서 왜 그런 걸 몰랐어? 멈출 수가 없는 쌍욕을 씻기면 뽀득뽀득 갈리는 상태가 오니까 조금만 기다려 봐 절망이 끝없는 장마처럼 내리면 너희는 하늘에 대고 합창을 할 거야 그래도 저흴 안 죽이실 거죠? 쳐 죽일 거야 하늘에서 따뜻한 양잿물이 쏟아질 거야 너희가 잔인하게 기도하니까 너희들의 목록으로 예쁘게 기도하니까 너희가 시작했으니까 쥐새끼 같은 너희가 나를 스치고 지나갔기

에 우르르 무너지는 쌀포대같이 나를 반 죽여 놨으니까 다시 적
의 하나 적의 둘 너희의 추행으로 폭행으로 구타로 총질로 고치
가 되어 버린 비밀 하나가 세면 백 속에 고스란히 들어가 있는 걸
봐 그걸 내가 끄집어내서 개망신을 줘야지 털어 버려야지 끈끈이
에 들러붙은 생쥐를 뜯어낸 게 나야 반으로 갈라 보라고 해서 갈
라 본 게 나야 진짜 열어 볼 줄 몰랐니? 그걸 기억하는 병신이 나
야 건드리고 싶게 해서 건드리면 울음을 터뜨리는 병신이 나야
울음을 꺼내서 반들반들하게 닦다가 자기 울음으로 처맞는 병
신이 욕조에 오셨으니 울음으로 무장한 병신을 보러 여기에 다
모였으면…… 어떻게 병신을 안 건드릴 수가 있겠어? 욕조 속으
로 물결치는 따뜻한 여기로 와 욕설 속으로 퍼지는 색다른 매일
매일로 와 나는 제일 먼저 숨을 참고 제일 늦게까지 숨을 참는
사람 끝까지 가혹한 행위를 발설하지 않을게 이름도 말하지 않
을게 군번도 계급도 너희 얼굴의 생김새도 사람들 앞에서 폭로
하지 않을게 지목하기 전에 손가락을 다 잘라 버릴게

　　　　　나와 같은 부력을
　　　　　느끼긴 느꼈어?

살래와 샬레
— 영외자 숙소, 손자와 아들과 아버지 그리고 작은 방

식칼로 살갗을 찌르는 자 배꼽을 칼끝에 대라고 말하는 자 방으로 따라 들어와 오늘은 또 무엇인가요 아버지 단둘만 남은 작은 방에서 폭력의 피고름 냄새 고름 폭행 고름 성추행 고름의 족보 끝에 서 있는 나 부끄러움 두려움으로 가득한 방을 닫고 아버지의 아버지의 아버지가 희번덕거리는 역사를 지나 고름으로 가득 찬 아버지의 부끄러움을 짜내기 시작했다 폭력이 군수보급로처럼 끊이지 않았다 군사분계선처럼 사라지지 않았다 날 때린 아버지 날 고른 아버지 날 때리고 반 죽여 놓은 아버지의 샛노란 고름을 짜내는 일 내 손으로 피고름, 피를 고르는 일 두루마리 휴지 하나를 다 풀어 쓸 때까지 아무도 열어 보지 않던 작은 방에서 더러워진, 더럽혀진 휴지의 산 아버지는 살아났고, 나는 죽었다 아버지가 살아났고, 또 다른 악이 살아났다 치료한 사람이 더러웠다 위로한 사람이 악惡이었다 살려낸 사람이 등신 병신 더러운 새끼 빨리 치워 그걸 손으로 다 짜네 저 새끼는 더러운 걸 정말 잘 만져 병신 같은 새끼 손 깨끗이 씻고 밥해라 죽이고 싶었다 뒤에서 칼을 떨어뜨렸다 칼과 칼 사이에서, 망설임의 서사는 언제 끝날까 악은 휴지休止의 산 모든 악은 휴화산

늦출 수도 엎어 버릴 수도 없는 저녁은 그렇게 완성되었다 둥근 밥상이 방 가운데 놓였다 씨발…… 섞이기 싫은데 같은 찌개 냄비에 숟가락 담그기 죽기보다 싫은데 맞은 놈과 때린 놈과 방관한 놈이 섞였다 하나의 표적지에 대고 다섯 명이 동시에 쏜 것처럼 탄흔이 섞인 것처럼 누가 누군지 아무도 모르게 섞여서 웃어 대가리 맞은 거 티내지 말고 잔뜩 웃으라고 퇴근하는 부사관들 모르고 지나갈 때까지

우리는 비슷하게 웃었다
우리는 생육하고 번성했다//

영외자 숙소 열고 나와 화장실 열고 나와 보급 창고로 도망가는

구타와 가혹행위에 가담한 자 방관한 자 계획하고 부추긴 자
미로에 들어갔다가 아직도 빠져나오지 못한 자 나오지 않은 자
　　김 병장이었다
　　최 병장이었다
　　박 병장이었다
　　이 병장이었다
　　송 상병이었다
　　구 상병이었다
　　김 상병이었다
　　신 일병이었다
　　천 일병이었다
　　김 일병이었다
　　한 이병이었다
　　원 이병이었다
　　김 이병이었다
　　영내에 갇힌 자들이었다

내가 낱낱이 볼 수 있는 세계는 여기까지였다

그 너머가 없었다

왼쪽 가슴에 찬, 부대출입증 뒷면에는 이렇게 적혀 있었다

구타·가혹행위 정의/신고처

구타 : 고의로 몸의 어느 부분이나 막대기
등의 도구로 타인을 가격하여 통증을 유발시
키는 일체의 행위
가혹행위 : 불법적인 방법으로 타인에게 육
체적·정신적 고통과 인격적인 모독을 주는 일
체의 행위
군 전화 : 헌병대 2875~6
인사처 2873
대대장실 2872
일반전화 : ○○○- ○○○-2877

우리가 쏜 탄알의 탄착점이 어떻게 모이고 흩어졌는지 가까이
가서 확인하기 전까지는 아무도 모른다

내러티브 욕조

— 사로射路에서

약실확인! 이상무! 탄알집 인계 탄알집 인계!

탄알집 결합 탄알집 결합! 노리쇠 전진! 조정간 단발!

준비된 사수 ㄹ 부터 격발!

탕 탕탕 탕   탕 탕탕탕 탕

          탕 탕 탕

탕 탕탕탕 탕   탕 탕탕탕 탕

탕 탕 탕 탕 탕   탕 탕탕탕탕 탕

          탕 탕 탕탕

탕탕탕 탕 탕 탕   탕탕 탕탕탕탕 탕

1사로 격발완료! 3사로 격발완료! 5사로 격발완료!

전 사로 격발완료!

노리쇠 후퇴고정! 조정간 안전! 약실확인 약실확인! 이상무!

탄알집 제거! 조정간 단발! 발사! 이상무!

삶은 표적지를 향하여 영원히 걸어가는 순간 같지

관통당한 표적지를 들고 사선으로 돌아가는 시간들을 반성이라고 부를 수 있을까

표적지 밖으로 날아간 분명한 밑줄들은 어떻게 되는 걸까?

우리 그 시절로부터 제대하면 다 끝나는 거니

감자와 고구마처럼 모든 구근처럼 깊이와 냉정을 가장하여

두두둑 뿌리를 끊고 눈감은 자들이여

우리는 손을 놓친 걸까 뿌리친 걸까 손을 감춘 건가

드러난 알맹이는 떠나보내고 (구워삶아지고)

덮을 것은 다 덮고 싶은 자들이여

앞 머리카락을 쓸어 올리며 이마를 짚어 준다

좀 잤어? 이제야 깼어?

빨리 튀어나와 새끼야

너도 방관

했잖아 씹새끼야

가담하고 계획하고 부추기고 미로에 들어갔다가 아직도 빠져나오지 못한, 아니 나오지 않은 모든 자가 너는 아닌 것 같니?

나의 반성은 너를 견인하는 밧줄이다
너에게 닿을 것이나
우리의 반성은 ㄱ에게두 닿을까?

구타 및 가혹행위 근절서약

1. 나는 구타·가혹행위를 절대 하지 않는다.
2. 나는 구타·가혹행위에 동조·가담치 않는다.
3. 나는 구타·가혹행위를 인지한 경우 숨기지 않고
   즉시 보고한다.

위 내용을 위반 시에는 법이 정하는 여하한 처벌도 감수
할 것을 엄숙히 선서합니다.

2000 . ○○ . ○○ .

소속 : ○○○○ / 계급 : 이병 / 성명 : ○○○ (서명자필)

우리는 자필로 이름 쓰고, 서명했다

부대출입증 뒤에 근절서약서나 넣자고 결정한 자들은 누구인
가 행정상
서명만 받으면 된다고 말한 자들은 누구인가? 악독한 새끼들
총을 쏘면서 탄피를 만들어 내지 말라고 말하는 모든 근절서
약서의 결재란, 도장 라인들
때리면서 웃어 보라고 말하는 저 윗선
그러니까 지금도
때리면서 웃어 보라고 말하는 내 눈앞의 고참병

낱낱이 죽였으면서
살아 내라고 말하는
고참병들이 있을 것이다
병사들은 심장에 진짜 서약서를 넣고 다닌다

구타 및 가혹행위 근절서약

1. 우리는 구타·가혹행위를 확실히 배웠다.
2. 우리는 구타·가혹행위에 동조하거나 가담했다.
3. 우리는 구타·가혹행위를 인지한 경우 즉시 숨길 수 있었다.

위 사실을 외부로 폭로할 시에는 내무반 법이 정하는 여하한 폭력도 감수할 것을 고참병들 앞에서 엄숙히 선서합니다.

200○. ○○. ○○.

소속 : ○○○○/ 계급 : 이병/ 성명 : ○○○ (서명자필)

내러티브 욕조
— 탈영병

　줄에서 이탈하자 우리 모두 신출귀몰한 탄피가 되자 탄알집을 벗어나자 강선의 명령을 받아 개새끼개새끼 총열을 달구는 저 표적에 박힌 개새끼가 되지 말자 뜨거운 탄피로 태어나 차가운 탄피로 식지 말자 (아무리 찾아도 냉정하게) 나오지 말자

　　　　"씨발 탄피 하나가 어디로 갔어"

　　　　"수백 수천 발 중에 이런 것들이 꼭
　　　　　　하나씩 섞여 있어"

내러티브 욕조
― 폭력으로 가득한 우리 부대에 일성 장군 오셨네!

병사 간 구타 사건이 대륙 간 탄도미사일
발사 소식에 묻혀 버리고

발톱 같은 구두를 대신 닦아 주어야 하는 나 같은 저급 병사는
오래된 스타를 바라보며 소원을 빌어요 그냥 살려만 주세요 그
냥 오늘을 넘어가게만 해 주세요

스타님이 도착하면 세제랑 걸레만 좆나게 쓰게 되니까 안 왔으
면 좋겠어요 아무것도 해결하지 못하고 결국 지적할 수도 없는
걸 지적하고 가 버리는 스타님아

스타님이 모른 척 헬기 타고 돌아가는 동안 부대 안에서는 구
타야 씨발아 아름다워 터엉 텅 비위 상한 눈자위를 쓰고 화이바
를 치는 일들이 비일비재했어요

한 시간 동안 구타당한 일병의 신음이 보급창고 안에서 들려
와요 한 시간 동안인 거 당신도 알았잖아요 보고만 받고 골프장
으로 가만히, 가라앉고 있었잖아요

그런데 박 중사의 성추행 사건을 왜 모른 척했어요? 방송국에서 걸려 오는 전화를 왜 자꾸 끊었어요? 그렇게 모른 척을 하면서 저는 할 말이 없습니다 그것은 다 끝난 일입니다 전화로는 드릴 말씀이 없습니다 하면서 질질 도망을 다니고 있었어요? 혹시…… 혹시나 연금마저 못 받게 될까 봐…… 그게 두려운 거죠? 성추행으로 폭행으로 은폐와 쉬쉬 "모가지 날아가기 전에 입 잘 놀려" 씨발 같은 지시로 명령으로 결국, 끝끝내 자살을 선택한 부하들이 있어요 부모들이 아직도 울고 있어요 살 수가 없는데도 싸우고 있어요

그 모든 진실을 묵살해 버린 구멍으로 밥이 넘어가나요?
너 같은 걸 스타 장성이라고
우린 씨발
쓸고 닦고 광을 냈어요

스타님! 어디에 점잖게 처박혀 있나요 부대가 발칵 뒤집혔는데
별장에 숨어 있나요?

거기 접대받은 데잖아요 부하를 추행한 데잖아요

이번엔 어떤 걸로 덮어 버릴 거예요?

그가 먼저 열고 갔으니 나는 문 밖으로

나는 무엇인가를 잃어버렸다
내가 가진 걸 내놓아야 하는 이곳에서 중요한
시스템의 무엇인가를 잃어버렸다
눈빛이 변하고 주먹이 달리 보일 때
군화 밑에 밟힌 모래알의 소리마저 낯설어질 때
창고 같은 희망, 솔기가 터진 희망 같은
엄지로 가리키는 곳으로 가야지
형벌을 상상하면서

이윽고 문이 열리고 세상의 고요를 휘둘러보는 폭력 앞에서
나는 자라목처럼 이미 어둠을 반쯤 끌어안고 있는 호흡
과호흡 같은 응원가가 거꾸로 흐르는 피를 질척이고 있는 저녁

나는 잃어버린 것이 있는 병사
나는 잊어버리는 것이 불가능한 병사
나는 그날의 기억으로부터 제대가 안 되는 생존 병사
닫힌 문이 겹겹으로 닫히고 자물쇠가 채워지고 아무도 안 와
나는 과녁이 정확하게 보이는 사냥터

나는 박힌 총알이 발기될 때까지 만지작거리는 사내아이
나는 스스로 치욕을 덮었던 공포의 짐승 털, 면도날로 밀고 온 결심들

경첩을 부수며 유일하게 벌컥 밖으로 꺾이고 싶은 문 하나가
있었고 문 하나가 사라졌고 문 하나가 박살나자 수백수천 개의
문이 한꺼번에 그 희망이라는 구멍을 향하여 납물처럼 쏟아져 버
리는 저녁 이젠 저녁이 아닌 핏물의 이름 쓰기

흔적인 성씨와 흔적인 이름 흐느적이는 직전과 직후
지금 여기
모든 기억나는 나의 성씨와 이름자를 쓰고 다시 새겨 넣는 것
처럼 폭행이 시작된다

벌어지는 모든 공포와 쾌감을 먹어치워야 하는 아가리처럼 삶
의 사랑이 수행된다
명암과 소리와 질감과 분위기가 다 한통속이라서
모든 과거들이 뾰족해지고 있다
모든 피해자들이 오목해지고 있는 것처럼

던질 준비와 받을 준비가 서로 협심하여 모가지를 치는 밤으로 직진하는 저녁 우회하는 표정들

숨이 차오르는데 숨이 차오른다고 말할 수 없는 파티가 시작되고 입술이 열리면 이빨까지 죄다 수거해 가는 익숙한 시계가 소름 끼치게 돌아가는 사실 속에서

한 대 두 대 세 대 네 대 다섯 여섯 일곱 여덟 아홉…… 세고 있어? 열다섯 열여섯…… 스물하나…… 세고 있어? 이 좆같은 새끼야 세고 있냐고

서른을 채우지 못하고 쏟아져 버리는 희망
서른이 되어 가는 순간 또다시 들려올 모든 본능적인 두려움
서른을 넘기지 못해서 나는 여기에 있어

다리를 잃은 뱀처럼 하늘 보고 기어가는 모든 저녁의 풍경이 되어 제물이 되어

맞아서 터진 울음
안에서 폭발하기 직전에 꺼내어진 폭발음
폭력의 묶음
모든 폭력의 묶음과 섞은 음 썩은
희망의 묶음

문이 열리고 어떤 사건이 빠져나간 자리에 그대로 얼어붙어 내
가 맞이해야 하는

나는 흩어진 희망 같은 사지 손톱 발톱
나는 구원이 안 되는 머리칼 이빨 고막
나는 욕설을 질겅질겅 씹다가 잘린 혀
따귀로 시작된 총성들이 아직도 내 전부를 떠나지 않고 있다

열린 문은 좁은 문
활짝 열려 있는 나는 왜 견디는가
왜 웃으면서 나아가는가
이제야 문을 나서는가

우린 적들의 총탄에 맞아 죽을 일이 없을 것 같아
우리가 우리를 먼저 찾아내 목 졸라 죽일 거니까
　— 사병식당, 직감실의 비밀

박 일병은 LPG 가스를 틀어 놓고 잠을 잤고
새벽에 담배 피우러 나온 심 병장은 우리를 살렸다
아침까지 계속된 구타는 어떤 간절함일까

죽다 살아나도 변하는 것은 없었다
우리는 함께 사라질 수도 있었겠구나
사병식당의 끓는점 사병식당의 타는점
미수에 그치고 말았다
어디서부터 우리 집단, 자살의 인과가 만들어졌나
평온한 얼굴로 사이좋게 잠들었다면 우리

고분고분 사라졌겠지
죽어 가거나 늙어 가는 그날들을 영원히 되살릴 수 없었겠지

너의 지랄발광이 녹음된 심장이 멎기 전까지, 심장을 방부처리
하면서
너의 온갖 무례함이 전사된 폐부가 썩기 전까지, 폐부를 방부

처리하면서

　우리가 약자라서 그런 건가요? 폐부를 찌르자 짐승의 소리를
내던 너를 기억해야 한다

　뇌수가 녹기 전까지 뇌수를 방부처리하면서

　안간힘

　너의 편으로 안 간 힘이다 속지 않기 위한 안간힘

　절망으로 죽음으로 다 없던 것으로 하자는 그런 뻔뻔함의 방
향으로

　나는 가지 않을 것이다

　가슴에 머리에 비명이 살아서 나는 너보다 오래 살아

김뱀이 김뱀을 물고, 긴 뱀이 긴 뱀을 물고
— 우린 언젠가 다시 만나

1

사라진 지갑 사라진 지폐* 십이 개월 후에 삽질을 하다가 발견한 주민증 반으로 꺾어진 사진, 땅에 묻어 버린다는 말의 실제가 내 존재를 치는 오후, 군軍에도 있는 십자가를 바라본다 성경책을 들고 나오는 병사들은 왜 그런지 종참 비참해 보이고 저길 가도 구원은 없을 것만 같고 나는 오늘 밤도 폭행하는 사람과 같은 침구를 써야 하는데 죽음보다 자꾸 앞서는 살의에 대한 공포는 과격해지는 삽질처럼 등을 뜨겁게 한다 미련이 코끝에 맺혀 오늘 더 춥구나

피로만 속죄받을 수 있는 순간들이란 어쩌면 피로만 감염될 수 있다는 말과 같은 것 오염된 피 속에서 아직 따뜻한 인간의 피로 장막을 친다는 것이 서러워 급습하는 모든 절망 앞에 무릎을 꿇고 머리를 조아려 굽실거리는 일이 아파 비참한 종참이란 살의를 간증하고 싶어지는 사계절 성경을 밑줄 그어 읽으면서 성경책으로 내리치는 사람을 알고 나서부터였을까 성경책으로 맞은 사람은 마음속에 어떤 밑줄이 그어졌을까

살의를 급속으로 냉각, 살고자 하는 나의 목소리가 뱀이 들어 있던 서랍을 조금씩 다르게 열고 있기 때문 열었다가 닫을 때마다 다르게 입체성을 갖는 뱀과 서랍, 서랍 속에서 자꾸 튀어나오는 뱀 나를 물고 들어가는 뱀 나를 현실 바깥에서 현실 가운데로 내동댕이치는 뱀 나로부터 가장 가까운 데서 나의 살殺을 누를 수 있는 사람들이 죽여 나에게 선물한 뱀, 밤새 홀로 떨어야 하는 서류봉투 속에서 일 그램씩 자기 독에 젖어 가는 뱀 갈라진 혀가 나를 가르고 지나가도록 나는 아무것도 하지 못하는 격렬한 오전을 격렬한 오후로 실어 나르고, 거칠어졌다가 잔잔해지기를 반복하는 작동 불가의 삽질이 계속될 때, 노을의 단면마다 돋아나는 뱀의 혀, 맹독에 절여진 노을 아래서

　손찌검을 당하고 돌아오는 길 성추행을 당하고 돌아오는 익숙한 길 그래서 친한 길 아직은 죽지 말아 포기하지도 말아 그런데 너는 참 불쌍하게 속이 없구나 다독이는 길, 길의 혀가 나의 독을 핥는 길, 내가 걸어 악독으로 채운 길들이 내 뒤편으로 축축해져 사라진다 생생하게 살아서 뒷걸음질치는 길들은 내게로 속히 죽으러 오고

나는 백지 위로 첨독 첨독 빠져 버릴 늪이 되어 가는 사람이다
언젠가는 시적으로 뛰어내릴 높이, 되어 가는 사람이다

　총기가 내게 죽이라고 속사로 속사로 속삭이는 순간 억울하
면 네 얼굴을 밟아 네 미간을 뚫고 지나가렴 전쟁의 배후가 그런
속삭임이지 멀리서 들려오는 군의 포성이 그러하지 개인으로부
터 모두에게 확산되는 그런 귓속말 죽고 싶게 만든 개같은, 새끼
의 미소처럼 전쟁을 선포하는 군악은 무엇이 그리 재미있을까 서
일병을 폭행하고 영창에 갔으면서 살맛나는가? 포격 뒤에 울리
는 군악은 왜 행복하기만 한가 아무것도 모르는 부사관과 장교
들 보급품보다 못한 병사들 한 방울의 기름보다 못한 눈물 군
화보다 못한 두 발 철모보다 못한 인간의 머리, 총알 하나에 못
쓰게 되는 너덜너덜한 육체처럼 어쩔 수 없이 피와 독으로 물들
고 있는 세계

　내가 가진 독이 정제되어 가는 것을 바라보면서 내가 가진 악이
세련되어지는 것을 바라보면서 내가 가진 칼이 오늘의 슬개골을

잘라내 접시가 되어 가는 걸 바라보는 슬픔 내가 신고하지 못한다는 걸 아는 너 내가 다시 네 발로 후회하며 걸어 다닐 인류라는 걸 아는 너 내가 울면서 나를 부정할 거라는 걸 아는 너 후들후들 나는 접시들을 돌리고 올리고 숨기고 다시 꺼내 놓는 파격 쇼를 이끌어 가는 광대 울면서 걷어차인 온갖 접시들 바닥으로 한꺼번에 쏟아지기에 오늘의 끝은 온다

일병님은 참으로 가지가지 하는군요 광대짓 보았으니 퇴근 퇴근 누군가는 신이 나고 오늘의 수많은 고통은 장난감 나는 장난감 바구니에 던져진 무수한 자세 중 하나 군사통제선 바깥으로 기어 나오는 온갖 체위들을 복기하면서 돌이 나무를 나무가 눈발을 눈발이 페인트를 침입하는 풍경을 바라본다 차례 없이 뒤섞인 역겨운, 온갖 행위와 스토리들이 속셈들이 에이즈처럼 저녁의 피부를 뚫고 나오기 시작한다

내무반에 가서 혼자 뒈져 있는 들들들 복수를 견딜 수 있을까 치밀어 오르는 석양은 들쥐 출혈열처럼 번지는 내일 예고들 유압 프레스기에 눌려 있다가 나온 맨손처럼 절단 직전이 된 모든

분노의 가능성 안에서 나를 마음대로 헤집어 놓고 나를 죽여 놓고 너는 말년에 죽은 뱀처럼 순해지겠지 극악한 죄인들이 늙으면 비누에 물려 욕실에서 피를 흘린다고 하지 천천히 석양이 스미는 걸 저 혼자 보고 있기가 아까워 부축을 받으면서 죽인 사람들을 서정적인 배경으로 고백하는 것이다 오래오래 죄고 있었던 똬리를 풀고 너는 나에게 속삭이겠지 우리 어디선가 또 봐 나는 어디에나 있을 거야 방울뱀처럼 내가 소리를 내면, 넌 알아볼걸, 죽지 말고 살아 일단 여기서는 끝! 근데 여기서 끝이라면 서운 기분은 다운 좀 다치고 죽고 사라지는 게 대수냐 계속 닥치고 죽고 사라지면 돼 너 같은 새끼들만 너 같은 새끼들이 넘쳐서 흘렀어 수많은 네가 웃었다 맨 뒤에 숨어서 나의 빈 지갑을 흔드는 자들이 따라 웃었다

2

　주민증을 받은 학생들이 차례로 병兵이 된다 병病이 된다 독毒이 된다 꼬리에 꼬리를 문 뱀은 참으로 길구나 자살자들이 가로수처럼 박혀 있어 내가 거쳐 온 학교, 복도에서 외친다 지금 공부보다 중요한 것들이 있어요 교과서보다도 더 오래, 새까만 가슴

을 들여다보고 있는 학생들이 있어요 그 학생들이 들들들 작동을 멈추면 어디로 갈까요? 쉬는 시간에 교실을 다녀 보세요 괴롭힘을 당하는 학생들이 자꾸 생겨나요 돈을 빼앗기는 학생들이 해마다 늘어나요 내 눈에는 보이는데…… 바쁘다는 선생, 바쁜 일이 있어서 그만, 동료 선생과 함께, 계단을 내려가면서 내 이야기를 비웃는다 나를 보고 힐끔, 웃는다 어디서 많이 본 웃음 참으로 길다 뱀은 토막을 내도 플러스 마이너스 플러스 마이너스 물고, 강제로 주입되는 전류, 학생들의 독기에 불이 켜진다 군사교육과 입시교육은 다른 뱀이다 어디에서 갈라져 나왔나 김 뱀은 지금 어떤 뱀의 아가리에 물려 있나 나를 때린 친구는 어떤 꼬리에 박혀 있을까 교실에서 외친다 특강 시간에, 한 학생이 손 들고 나에게 질문한다 그런데 교육을 사정없이, 아니 사족 없이 받아 온 선생님도 혹시 뱀이 아닌가요?

  * 누가 널 구타했는지는 잘 알지? 그럼 누가 네 지갑을 훔쳐 갔었는지, 뱀들 사이에서 맞혀 봐.

2

다지나간 얘기 다시 들으니

참 좆같다 그치?

공범자들

火 : 사람이라는 불 속에서 두 눈을 뜨고 있었다

人人人人人人人人人人人人人人人人人人人人人人人人
人　　　　　　　　　　　　　　　　　　　　人

人　　　그냥 장난이었잖아　　　　　　　　　人

人　　　그때 힘들다고 말하지 그랬어　　　　人

人　　　힘든 줄 몰랐지……　　　　　　　　　人

人　　　　　　　　　　　　　　　　　　　　人

人　　　스프레이에 불붙여서　　　　　　　　人

人　　　네 눈썹 다 태워 먹었다고　　　　　　人

人　　　얼굴도 그을렸다고　　　　　　　　　人

人　　　신고하지 그랬어　　　　　　　　　　人

人　　　　　　　　　　　　　　　　　　　　人

人　　　가만히 있다가 이제야 왜? ㅋ　　　　人

人　　　　　　　　　　　　　　　　　　　　人

人人人人人人人人人人人人人人人人人人人人人人人人

人 *　　　　　人 **　　　　　人 ***

人 : 사람이라는 불 속에서 두 눈을 감고 있었다

* 같이 봐 놓고 왜 지랄인데, 너는 그때 왜 방관했는데?
** 그래도 불붙인 새끼보단 낫지 뭐.
*** 너무 오래돼서, 기억이 나지 않습니다.

3

지목하고 죽는 것들이 무엇이더라 꿀벌들처럼

기억들은 끄집어 내서는 안 되는 거였어

피해자들은 자기 내장이 묻은 침을 세상에 박아 넣고

가벼워졌으니 가벼워졌으니

바람에 사라진다

대학원, 김뱀이 먼저 와 있었다

페이스허거처럼 내 얼굴을 움켜쥔 손바닥
뺨에서 온갖 증오가 뚫고 나와 곧 죽여 버릴까 봐
나는 기절한다
계속 거절했기 때문이다 저항과 자유를
기절시킨 채로 옮긴다 대학원으로

숙주는 또 한번 벗겨진다
꿈틀거리는 기획들이 지난 잠의 입막음처럼 터져 나오고
지문들을 읽을 감각이 내게서 절취된다

자판에 쓸려 나가는 손끝들이 마를까 봐 자판 위에 올려진 손
끝이 운다
울고 있는 밤들이 계속된다 기절했다가
경멸스러운 자세로 깨어나기를 반복한다

왜 그를 자꾸 만나게 되는가, 제대
어디를 가도 왜 그가 있는가, 입학
제대 입학 들러붙는 표정을 보여 주는 두 사람

강탈당한 신체 위에는 두 사람이 있었다
펄펄 끓는 모욕과 조롱 똑똑 정수리에 눈 뜨세요

듣고 있는 육체 덩어리
울음만이 가슴을 뚫고 팔처럼 뻗어 나온다 나도
두 사람의 얼굴을 움켜잡고 싶어 흔들고
싶어 쓰러져 토하는 나의 목덜미
양잿물 같은 말을 쏟아 내고 갈 길을 떠난 두 사람은 누구일까

씨발 듣보잡 새끼가 가지가지한다 기절하는 소리
계속 기절하는 소리 안에서 흑연처럼 사각사각
사각사각 얼굴을 찾고 있는 나는 누구일까?

나는 왜 알아도 말을 못할까?
김 병장은 왜, 언제나 열 걸음 나보다 빠를까?

김뱀과 똑같이 생긴 사람이 나에게 다가와서 김뱀한테 사과해,
얼른, 귀를 잘라 갔기 때문이다

우리, 미안하다고, 하자

무급으로 일을 하면서 박 군은 돈을 받았다고 생각한다 계좌로 돈이 들어오지 않았으니까 박 군은 무엇을 받았다고 생각한다 무급으로 일하는 사람이 어디 있어 일을 했으면 돈을 받아야지 이 형이상학적 사람아 찬란한 정신세계에 빠진 사람아 일을 하면서 형벌을 받으면 어떻게 해 끌려가면서 박 군은 무척이나 고마워하고 침을 질질 흘리는 개에게 물려도 물을 마실 수 있고 식판을 뒤집어엎어도 먹을 수 있고 바지에 오줌을 지렸다는 말에 웃고 있다 몸에서 왜 타는 냄새가 여럿 나요? 돈을 안 주는 교수는 고상하게 말한다 이상한 생각이 자꾸 나니까 강박이야 프로이트를 읽으면 나아질 거야 읽고 여기 와서 여기를 좀 핥아 멀리 있다고? 혓바닥을 퀵으로 보내 앞으로 전화는 두 번이 울리기도 전에, 받아 이 새끼야!

　　　돈 버는 법을 제대로 배워야 해
　　　씨발새끼를 만나면 인생 조지는 거 십상

저렇게 막 다루고 막 하고 싶은 대로 하는 새끼에게 오늘도 잘하고 싶어요 착한 걸레가 되고 싶어서 인사를 했어요 잘 보이고 싶어서 인사를 했고 뭔가를 받은 거 같아서 인사를 했어요 교수가 완전히 사라질 때까지 박 군은 가지도 못한다 그가 뒤돌아볼까 봐

뭘 그렇게 받고 싶은 거야? 관심을 받고 싶어? 학위를 받고 싶어? 인정을 받고 싶어? 돈으로 환산하면 얼마야? 눈물을 환산하고 모욕을 환산하고 조롱을 비난을 협박을 유린을 폭행을 환산해 얼마야? 정말로 환산하고 자빠졌다니 정신이 나갔군요 공부할 필요가 없어요 박 군 대학원생 조지는 교수들이 돈을 공식적으로만 혐오하는 거 몰랐나요? 혐오해라 돈을 멀리해라 학자가 되려면 몰라요?

씨발 좆같네
우리가 일한 거 왜 지급 안 해 개새끼
아직도 안 하고 있는 교수 새끼 술은 처먹고 있겠지
돈 때문에 뒤돌아보지 말라고 누가 가르쳤어?
인사가 끝나도 뒤돌아보는 거 아니라고 가르친 교수 새끼
결국 그 학교 교수 됐어
출세밖에 모르는 역대급
아부 같은 현학적 씨발새끼를 다 봤지

9면을 봐 봐 이 새끼는 도망치는 학생을 쫓아 들어가서 폭행했대 이 새끼는 학생에게 똥을 먹였대 무서워서 도망치는 마음을 알까? 학대를 휘두르는 혁대쯤으로 아는 것은 아닐까? 뒈지게 맞아 봤어야 사실을 알지 모든 거짓이 아닌 폭행에는 반쯤 장난이 섞여 있다 네가 급여를 안 받아서 그래 네가 받아야 할 돈을 받지 않아서 그래 우리에게 뭘 앗아간 새끼들이 미안해하는 걸 봤니? 우리에게 따귀를 날린 씹새끼가 죄송해하는 걸 봤냐고 상납하면 그렇게 되니? 뭘 빼앗기면 그렇게 되니? 네가 무급으로 일을 해서 그래 네가 하나도 남김없이 뒤에서 드려서 그래 동료들의 만상을 고자질해서 그래 네가 그냥 그 새끼 눈빛만 봐도 슬슬 갖다 바치는 병신 짓을 해서 그래 통닭집에서 자길 씹은 걸 어떻게 알았겠냐구 이건 누구의 피해의식이냐 이건 누구의 지레짐작이냐 이건 누구의 죄의식이냐 이건 누구의 나와바린가 누가 만들어 놓은 먹자골목에서 좆보다 못한 말 한마디에 오줌을 지리고 입을 다물지 못하여 대대로 쪽이 팔리는 장면이 한방에 오케이 나는 경제 활극 이건 너와 나의 명예에 관한 이야기지 명예와 명예와 명예와 명예가 정신적으로 고양된 상태로 한없이 걸어간

그곳이 다 돈에 관한 이야기지

시원하게 욕을 해야 돼 연구실 문을 벌컥 열고 박 군이 일을 했으니 돈을 줘야지 이 씨발새끼야 교양을 예술적으로 파는 교수님! 세금 잘 내고 계신가요? 교수님이 자꾸 지랄을 하니까 좀 세게 지랄하면 쪽수도 많은 학생들이 받지도 못하고 죽는 거잖아요

다 갚아 개새끼

금전을 많이 처먹고 한 오십 년 내공을 쌓으면 이 빠진 학문이 된다 이빨이 없는 학문은 불쌍해 어헛 그러니까 학문을 서로서로 더 열심히 닦아야지! 근엄한 학문은 학문 나부랭이에게 싸구려 커피를 뽑아 주며 처량한 질문을 던진다 그런데 씨팔 학문에는 왜 입술도 없을까? 이것 참 더러워서…… 서로서로 관장하여 하얗게 질린 걸 학문 밖에서 봐야 하는데…… 학문 밖에서 보려면 나가야지!? 대답을 해야 하는 학문은 심히 심각하다 질문에 깊이가 있다 그것이 헐 정도로 걸어야 한다 그것이 깊이가 있어서

삶이 쪼여? 힘이 드니까 거친 농담들이 유창한 해학 사이로 지나다니고 서로의 학문에 참 잘했어요 도장을 찍어 준다 박 군은

도장 자국이 없어? 박 군은 벌려 봐 박 군은 뭘 봤군

돈이 없는 새낀 나가리

나의 정강이에는 산맥이 들어가 있다

이쯤에서 나의 이름을 부를 줄 알았어
군홧발이 만들어 낸 뼛속

차에 치인 아이의 과자봉지처럼
무엇이 우르르 쏟아져 나왔어

움켜쥐었다가 놓친
인간성이었어

정강이에 새겨진 걸
낭독하고 있어

아이를 치고 달아나는
뺑소니차의 번호판을
기억하고 있는 것처럼 똑똑히

나는 전집이 미워졌어요*

전집 앞에서 춤을 추고 있는 것은 교수들이죠
내가 아니에요
결국 좆 빠지게 노동한 우리가 아니란 말이에요
씨발
우리가 어떤 절벽에서 굴러떨어졌는지도 모르는 새끼들이 한
다는 말

받은 거 너무 많다고 생각하면 여기 계좌로 넣어
반이라도!

현실은 악취가 나는데
시인님은 시를 사랑한 시인님
당신의 시를 사랑했어요
여기 살아남은 자들이, 사는 데 미친 자들이
전집은 나보고 만들라 하고
결국 당신과
당신의 시를 싫어지게 만들었어요

참 멋지죠?
그래도 당신의 전집이 나왔어요
신문에 나온 것 축하드려요

　* 원래 이런 건 당사자들만 아는, 슬프고도 무서워서, 대면하지도 못
하는 세상의 모든, 이야기

아, 따뜻하고 더러운 제목들

거짓말이 사랑을 받아 온 이유는 진실로 무엇일까
따뜻하고 더러운 제목들 앞에 폭력의 스펙 앞에
너는 총알을 맞을 것처럼 침묵 중이다
분명히 터져 나올 눈물이 아직은 흘릴 수 없는 눈물 뒤에 고인
것처럼
공이를 기다리고 있는 우리의 얼굴처럼

일그러진
일그러진

이중슬릿실험

한 선배가 면전에서 말했다
승일이는 욱일승천 같다
승일이는 욱일승천기가 품속에 있는 것 같아
할아버지가 지어 주신 이름이 더럽혀졌다 찢겨졌다 갈가리
제국주의 안에서 온갖 생체실험을 당하였다

감정의 신체 상태가 포 떠졌다
깨진 전구가 가슴에 돌려 끼워졌다
실험의 말들이 핏방울 안에서 떠돌고 있는 것을
학대에 능한 선배가 알려 주었다
빛은 잔혹하구나
빛은 가학적으로 도망칠 수 있구나
빛의 탄생이 그랬구나

낄낄거리는 소리는 입자일까 파동일까 랑그일까 파롤일까
내가 응시할 때만 모욕은 모욕처럼 행동한다
내가 응시하지 않을 때 수치는 무엇처럼 행동할까
물결처럼 만난다 집단 폭행 집단 성폭행처럼

모든 폭력은 그것이 폭력적임을 관찰하고 있을 때만
폭력이 되는 것 같다 지금도 시뮬레이션
되고 있는 네 가학의 시그니처
실험이 계속되고 있다 너의 말처럼 모든 고통은 홀로그램일까?
어딘가에 다 기록되어 있을까

한번 이 세상에 (잘못) 온 것은 영원히 사라지지 않는다
어딘가에 뻔뻔하게 감춰 둔 것일 뿐
예상되는 미래가 두려워 일단 지운 것일 뿐

인간이 되어 가는 저녁

커터칼이 부러져 버린다

몇 번 긋지도 않았는데

지금 무슨 일이 일어나고 있나요?

초 단위로 피어난다. 좋아요 좋아요 계절을 모르고 나왔다가 떼로 죽는 개나리처럼 마구잡이로 피어난다.

영정 앞에서 추는 디스코처럼. 활짝.
국화 대신에 개나리처럼. 활짝.
어쩔 줄을 모르겠다.

잔인한 말들은 다 한 문장이고.
끔찍하게도 시간이 다한 문장이다.

애쓴다. 치욕을 주던 사람도.
지금 지구에서 무슨 일이 일어나고 있나요?
안 물어본 적 있나?

지금 무슨 일이 일어나고 있나요. 콜레라를 주입하고. 지금 무슨 일이 일어나고 있나요. 사지를 얼려 놓고. 지금 무슨 일이 일어나고 있나요. 내장을 다 꺼내 놓았지.

한 사람이 끝내기도 전에 두 번째 세 번째 네 번째…… 스물다 섯 번째 군인이 군용텐트 안으로 들어왔어요. 그 많은 군인들을 받아 내야만 했어요.

증언이 넘쳐나고 있다. 애초에 한 단어에서. 기어코 한 문장으로.

지금 무슨 일이 벌어지고 있나요. 바늘을 거두고.
구멍 난 살가죽을 실험 도구로 툭툭 치며.
지금 무슨 일이 너에게 일어나고 있니?

죄다 물어보았지.

희망은 빼앗고 절망만을 주는
— 그는 돌아갈 힘을 남겨 두지 않을 거라고 했다 1

트위터 2
배움은 아무에게나 구걸하는 것이 아니었는데
인생의 중요한 시기에 모두 모두
씨발새끼 만나지 않기를……

녹취록 3
　만만했죠? 별 게 아니라서 막 깠죠? 별 게 아닌 것들은 막 굴리
고 막 까고 막 죽여 버려도 된다고 생각했어요? 사람의 마음 까
짓것, 막 찢어발겨도 되는 거라고 다짐했어요? 집에 가서 개작두
같은, 네 책상에 앉아 하루치의 죄악을 싹둑 썰고 착하디착한 시
를 그렇게 써 놨어요? 반성을 많이 한다고 땅에 안 떨어지는 건
아닌데…… 어떡하죠 매일매일 벌인 일들을 나에게 기입해도 나
같은 수첩이야 덮으면 되고 나 같은 수첩이야 버리면 되고 아무
일 없어서 아무도 모르는 나 같은 수첩이야 누가 누가 신경을 쓰
겠어 씨벌 이러고 앉아서 개같은 웃음을 웃고 있었어? 근데 어쩌
냐 사람들이 이거 다 읽고 있는데…… 누가 나 같은 걸 주워서 펼
쳐서 읽어서 문제가 될 거라고는 생각을 한번도 안 해 봤지? 몰래
몰래 흘린 죄가 네 인생의 발목을 한번쯤 굳세게 잡아 볼 거라고

는 생각 안 했어? 착해 씨 착해 씨 나는 돌아갈 힘을 남겨 두지 않을 거예요 네 이야기도 아닌데 괜히 기분이 나쁘고 그렇다 그치? 네 이야기가 아닌데 네 이야기로 들릴 때까지 나는 돌아갈 힘을 하나도 남겨 두지 않을 거예요 너 같은 비밀을 최대한 색출해 내야 이 사회가 좀 살 만한 곳이 되지 않겠어요? 그런 세상을 너도 참 좋아하잖아요 희한하게

트위터 3
어떤 범인은 절대로 현장으로 돌아오지 않는다구요 머리칼을 잡고 질질 끌고 오기 전까지는

D의 몽타주

밝은 곳에서도
폭행이 가능하다는 걸 보여 준 자는 D였다
저게 되는구나 사람이 많은 광장에서도 저게 진짜 되는구나
밝다는 원리는 여전히 아름답다

정오의 햇빛 속에서 그늘을 발명하는 D의 얼굴을 하나하나 뜯
어보고 있다
밝은 곳과 어두운 곳이 추행한 자를 그리고 있다
밝은 것과 어두운 것이 착취한 자를 그리고 있다
연필이 자꾸 그리로 갈 때

나는 물 위에 떠서 돌고 있는 모빌처럼
나는 전등을 걸어 둘 천장도 없고
나는 소묘를 걸어 둘 마땅한 벽이 없고

폭행을 당한 기억으로 죄 없는 신체를 마네킹처럼 돌려 뺄 때
빛을 잡았다가 놓친 두 손을 어둠의 구석으로 뿌리칠 때
D는 누구인가?

D의 실명이 올라온다
D가 드러나라고
무수한 설탕과 소금이 쏟아진다
D는 계속 차단하고
훼손된 명예를 복구하기 시작한다

　나는 기묘하게 웃고 있는 형체가 드러나기를 바라는 마음으로 날마다 진짜를 주지 않는 가짜를 건넨 개새끼를 호명한다

사실 D에게 미안한 적은 없어요
나에게 찾아와 "미안해" 하지 않기를
미안해 소름끼치는 미안해

　허리를 구부리고 D의 척추 안에 골수처럼 갇혀 있었던 사람의 발화 사람의 고통 고작 한 개의 네잎클로버를 위하여 더 많은 클로버를 밟고 다니는 것이 행운의 풍속도인가요 책장과 책장 사이에 들어가 있는 빳빳한 행운 털어도 빠지지 않는 행운을 위해 D에게 다가갈 용서란 없어요 일부러 흘린 지갑처럼 윤이 나고 번

지르르한 문장이 멋져 밑줄을 그었던 시간을 불태워요 모든 미끼는 미끄러워요 나는 어떤 페이지가 분명하다고 말하지 않았으나 부끄러워요 나는 98페이지가 분명하다고 말하기 시작했어요 고백과 고백이 만난 책등으로 모든 피해자의 머리를 때리지 않고 쓰윽 넘겨 그게 그거네 다시 책장에 꽂지 않고 오래된 종이 냄새에 파묻힌 지독한 냄새를 구별하기로 했어요

책장과 책장 너머를 제대로 보기 시작했어요

그러니?
그러니

소리 내지 못하게 뒤에서 입막음을 한 씨발새끼의 이목구비가 뚜렷해지기 시작했어요

떠나고 싶다고 말하고 떠나지 못하는 폭력에 대해 우리는 할 말이 없다

망원경을 들여다보는 일처럼 신비롭고
망원경을 들여다보는 일처럼 안타까운

이별

이별을 코앞에 두고 쿵쾅거리는 그의 마음을 어떻게 어루만져
야 할까
불 속에서 구원되기를 바라는 마음과 구원하고 싶은 마음이
같아지는 건 두 손이 만날 때뿐인가
궤적을 분명히 그리기 위해서 한때의 궤적을 벗어나 버린 그를
뿌리치고 운다

한 사람의 힘이 얼마나 많은 영향을 끼쳐 왔는지 헤아려 본다
마지막 큐브를 억지로 맞추기 위해 모든 블록을 부숴 버리는
한 사람이 있고
마지막 퍼즐을 기어이 맞추기 위해 모든 순서를 뒤집어야 하는
사람들이 있다

더러워진 그의 손을 만지기 싫어 우리는 기도하는 손을 흉내 내고
울고 있는 입가를 연상한다 웃음으로부터 시작됐는데 울음으
로 끝나는
생활에 진주 같은 두려움이 반짝이는 것을 본다
품속의 소라고둥이었다가 자루 없는 망치였다가 복잡하게 분
질러지는 칼날이 된다
두려움으로 가득한 대기와 두려움을 뚫고 나오는 번개들

우리는 들여다보면서 겪게 되는 뒤섞임에 대해 한 가지 의문을
품는다
고요한 목성 같은
이별이 누구로부터 시작됐는지

망원경을 들여다보는 일처럼 신비롭고
망원경을 들여다보는 일처럼 안타까운

폭풍

폭풍을 코앞에 두고도 고요한 우리는 바람도 불지 않는 곳에
서 바람 부는 곳으로 떨어지는 혜성*이 몇 개인지 세어 본다
　날마다 우리 자신을 땅에 떨어뜨리는 힘으로 떨어져 나가는
흉터가 눈가에 쌓이는 것을 본다

　이 차갑고 어두운 우주에서 자기 자신을 손톱만큼도 생각 안 할 때
　우리는 따뜻해질까
　숨을 헐떡이며 깨어날까
　절망으로부터 추스르지 못한 뜨거운 자세와
　희망으로부터 떨어져 나온 오늘의 작디작은 구체를
　나는 해명할 방법이 없다

　이미 수많은 이별과 폭풍을 강제로 실험당한 사람에게 미안하
다고 할 수 있을까
　그런 일들이 그렇게 힘이 들었냐고 되물을 수 있을까
　우리는 폭풍 앞에 서서 우리와 똑같이 두 팔을 허우적거리는
그가 신비롭고
　안타깝다

그는 이별과 폭풍의 실험실 안에서 인체일 뿐
얼마간 사람인가

심폐소생술을 일부러 멈춘 우리들에 대하여
그는 어떤 형벌을 준비할 것인가 사랑을 갈라 버린
그가 맞은 따귀는 얼마만큼 억울한 폭력인가

페이지를 넘기기 싫어, 그의 책을 불태워 버렸다

우리와는 전혀 다른 대기와 물질로 가득한 눈동자들이 있다는
것을 과학자들은 매번 이야기했다
우리의 위치를 절대로 알려서는 안 됩니다 우리는 매번 개죽음
을 당한 뒤에
전진했다
바늘로 들쑤셔 놓은 두 눈으로 이 밤을 건너갈 때
바늘로 들쑤셔 놓은 두 눈들이 이 밤을 애써 건너가고 있을 때
에일리언의 습성처럼 터져 나오는 방송을 듣는다

우리는 겨우 목성을 벗어난 것입니다

거짓과 은폐로 가득한, 이 우주에 버려진 그가
함선의 유리창처럼 피곤한 눈동자를 떠나간다
하나의 사실이 점점 작아진다
쓸모없는 자를 추억하는 사람이 있을 것이고
한때는 죽은 자들을 애도하며 그와 함께 울었다는 걸
우리는 감출 것이다

우리는 끔찍한 사실을 끌어안고 떠오르는 부표일까
우리가 아는 태양처럼 우리의 동공을 목 조를까
내가 눈을 감는 순간에 사람들의 눈이 갑자기 떠지고 (또는 천
천히 감겨지고)
많은 사람은 기어코 더 많은 사람들 앞에 나체로 발견된다
많은 사람은 기어코 더 많은 사람들 앞에 토막이 난 채로 발각
된다

불타 버렸거나 퉁퉁 불었거나 얼어붙은 행성처럼

아무런 절망 없이
아무런 희망도 해명도 없이

망원경을 들여다보는 일처럼 신비롭고
망원경을 들여다보는 일처럼 안타까운

죽음이다

* 슈메이커-레비

나는 닳고 닳은 질문
— 저 불빛은 그날의 불빛을 뒤쫓아갈까

상처가 다 아물었는데 바늘을 꺼내야 한다면
상처가 다 아물었는데 핀셋을 집어넣어야 한다면
나는 어떤 결정을 내려야 할까

응급의 나절은 지나갔으니 응급의 촌음 속에서
그것을 해낼 수는 없는 것이다
손등과 손바닥의 쟁투 속에서
손등과 손바닥이 서로를 배반하는 다른 시퀀스에서
질문은 사랑이고 질문으로 인내한 사랑은 제련의 현장이다

모든 질문이 구부러진 바늘을 달고 있는 이유는
빛나는 법을 잊지 않기 위해서다

바늘이 날아온 모든 시공간이 기어코 구부러져 있다
부러질래, 구부러질래?
때리면서 다가오는 것들은 꼭 내게 먼저 질문을 던졌다
너는 웃자고 한 말에 죽자고 눈물 흘려서 늘 문제야
왜 그렇게 예민하게 피어났어? 밟아 줄까?

불쌍하게도 아니요 죄송합니다라고 대답했지만
그래서 그렇게 함께 웃음이 나오는 구절이 어디냐고
나도 질문하고 싶었다
때리면서 살 것 같은 것은 너였고
맞으면서 죽어 가는 것은 나였으므로
언제나 질문하지 못했다는 것을 너는 모른다 여전히

실밥마저 사라진 흉터 속에 그날의 질문을 잘 묻어 둔 것이다
어둠 속에서 부식되었던 질문 하나가 기어이 빛나는 법을 기억
해 낼 때까지
완전히 구겨 버린 백지에서 서서히 팔꿈치부터 공간을 비집고
나오는 울음소리가
너에게도 예민하게 들릴 때까지

가만히 있는데 심장이다

당신이 문을 열며 뛰고 있어서
자꾸 넓은 데로 가서 문을 닫는다

심장을
공터와 고요 사이에 둔다

일 초와 일 초 사이에 낀 서맥徐脈과
일 초와 일 초 사이에 낀 빈맥頻脈

갑자기 세 번을 몰아 뛰는 심장처럼 할 말을 건너뛰는 시간이
있다
문장과 문장 사이 심방
세동細動이 있다 가슴을 문지르는 사이
최대치로 듣기만 하는 소란

맥박을 느끼고 있는 일에서 서서히 멀어질 때까지
나는 가만히 앉아 있는 사람이었다

한 번도 본 적 없는 사람처럼
한 번도 본 적 없는 사랑처럼
나는 가만히 울고 있는 사람이었다

무수한 정거장 그리고 신설동

노이즈 이후에
ㅊ —

왼쪽에 펄잼
오른쪽에 툴
가고 있는 나

나에게 닿을 듯해
알려 줄 수 있지만
알아서는 안 되는 것처럼

나는 가고 있어
멀리 더 멀리
멀어져 가는 사랑이 무언지

Heroes*

노이즈 속에서 본 것처럼

믿을 수 없다는 표정들이

유리창에 들러붙은 그 저녁으로
스크림 bye 스크럼 bye

Why Go Home

Why Go Home

* King Crimson

수학의 정석

그들은 독서실에서 여자랑 잔 이야기를 늘어놓거나
V로 시작하는 오토바이를 타고 다니는 애들과 다르지 않았다
그들은 내내 집합과 행렬 밖으로 나가지 못했다
후배가 후배에게 끌려가 맞을 때

그들은 책장과 책장 사이로 집합과 행렬만을 바라보았다
그 너머가 없었다
언젠가 그 두꺼운 책의 숫자는 모조리 빼고 글자들을 걸러
알아도 몰랐습니다 적당히 넘어갑시다로 바꾸어 버렸다
그들은 끼리끼리 모여 있다 저희들끼리 키득거리고 어디론가
흩어진다

원주율처럼 끊어지지 않는 게 무엇인가
나이를 먹을수록 둥글어지는 사람들과 머리를 맞대고 조용히
뜨거운 국물을 후루룩 후루룩 마시고 있다

무엇을 생각할 때는 왜 눈을 치켜뜨게 되는 걸까
사람들이 나를 떠나 어딘가를 보는 것처럼

나도 먼 곳을 보고 있는데
시간을 다 건너가 버리는 것 아닌가……
이런 사과의 구절이 창밖으로 흘러가는 것 같다

나를 팼던 선배…… 나를 죽일 뻔했던 선배는
사람들 사이로 아무렇지 않게 돌아와 있다
사람들 바깥에서 방관자 둘과 함께 담배 한 개비를 피우고 (착
하게 웃으면서)

낙성 씨*

　낙성 씨! 낙성 씨! 사람들은 낙성 씨를 만났다 하면 부르고 기분이 좋아진 낙성 씨는 밥상 위를 뛰어다닌다 낙성 씨는 어디에 있나 절친한 ㄱ의 번호조차 우리는 모르는 것 같은데…… 우리들은 다들 낙성 씨 낙성 씨! 이리 좀 오세요 웃겨 봐요 웃음거리가 되어 줘요 없는 사람 자꾸 불러서 서운하다 너무나 착하고 사람들을 즐겁게 해 줘서 고마운 낙성 씨 간 줄 알았는데 어디서 낙성 씨 또 또! 또? 부르고 키득키득 키득 우리끼리 퍼먹은 낙성 씨 모르는 사람들 사이에 끼어 웃고 있는 낙성 씨 일부터 십까지 세는, 낙성 씨 카운트다운, 다운되었다가 언젠가 하늘로 치솟는 로켓처럼 쫓겨나야 하는 낙성 씨 하늘만 보고 있는 낙성 씨

　낙성 씨의 바닥을 드러나게 하는 것 기껏 눌어붙은 밥알을 다시 숟가락으로 박박 긁어 먹듯이 사람들이 맛있어 하는 것 사람들이 재미있어 하는 것 안 하고는 못 배기는 것 그걸 하면서 친해지는 사람들이 더욱 친해지는 동안 저 넓은 하늘을 혼자 걸어가는 낙성 씨 혼자 떨어지는 낙성 씨 사람들이 모여서 다 같이 하는 걸 해 인내의 바닥을 드러내는 것 숟가락으로 철판을 긁는 소리 같아서 끔찍해

계단 몇 개를 내려가는 데에도 어떤 숫자가 주는 안도가 필요해진 낙성 씨 낙성 씨에게 너무나 친절하고 예의바른 이 지구가 단 하루라도 낙성 씨에게 줄 만한 것들을 줬으면…… 아름다운 낙성처럼 사람들의 눈동자 속에서 빛날 수 있다면…… 낙성 씨는 낙성도 아니고 혜성도 아니고 위성도 아니야 씨발새끼들아 이렇게 말해 주는 친구가 하나도 없어서 낙성 씨는 서운하다 끝끝내 웃으면서 서운한

낙성 씨도 똑같은 사람이라는 것을 낙성 씨 낙성 씨 부르는 사람마다 모른다 그는 어떤 생각을 하고 있을까 그는 지금 어떤 꿈을 꾸고 어떤 꿈에 의해 넘어져 있을까 교문 밖으로 걸어나가는 낙성 씨 낙성 씨! 한번도 뒤돌아가는 그의 이름을 진심으로 불러 주지 않는 모든 친구들의 낙성 씨 뒤돌아보는 그의 이름을 한번도 불러 주지 못한 모든 친구들의 낙성 씨

낙성 씨는 큰 것들을 너무 많이 놓치고 있는 존재라서 수첩에다 더 작은 수첩에다 무언가를 늘 끼적이고 있는 낙성 씨 낙성

씨! 낙성 씨! 오늘도 여기서 저기서 함부로 이름 불리는 낙성 씨 반질반질 윤이 나는 책등 같은 이마와 이마 사이에서 그래서? 그래서 그가 어떻게 됐는데? 더 얼마나 우스운 짓을 어제 오늘 했는데? 저 멀리서 풍자시의 제목같이 달려오는 우리의 낙성 씨

* 가방을 복도에 던져 놓고 화장실로 뛰어 들어갔던 낙성 씨를 내가 처음 목격한 것은 2005년 어느 봄날이었다. 그는 늘 무언가를 중얼거리고 있었고, 손을 씻기 전에 꼭 일부터 십까지 숫자를 세곤 했다. 그뿐이었다. 그는 눈 깜짝할 사이에 낙성落星처럼 사라졌다. 늘 다시 나타났다기보다는 늘 다시 사라졌던 낙성 씨. 어딘가로 끝없이 걸어가고 있었던 낙성 씨. 가끔 멈춰 서서 무언가를 골똘히 생각했던 낙성 씨. 아픈 사람들은 흔히 교문 밖으로 사라질 것이라는 뻔한 결말을 깨뜨리고 그는 영원히 학교에 남아 우리 주위를 별처럼 맴돌고 있었다. 그는 지금 어디서 무엇을 하며 살고 있을까.

학교의 색

4

Vantablack

귀에 묻은 빨강은

배꼽에 칼집을 낸 이층집 누나를 그리는 데 꺼내 쓰고

가랑이에 묻은 주황은

바지를 내리게 하고 성기를 만지작거린 옆집 형을 그리는 데 꺼내 쓰고

가슴에 묻은 노랑은

마음이 죽은 아이들과 복도에 처연히 서 있는 데 꺼내 쓴다

싸우다가 눈을 다친 두 아이를
다시 싸우게 했던
끔찍하게 사랑 많은 자들이 복직되고

눈동자에 묻은 초록

희망이 학교 울타리를 넘어 흔적도 없이 사라지는 건
여름이 똑같은 말을 다 꺼내 썼기 때문이다
이럴 때 가만히 고개를 떨어뜨리고 있는 나무를 본 적이 있니

목덜미에 묻은 파랑

면학 분위기를 흐리는 세월호 집회 좀 없어졌으면 좋겠어라고
대답하는 한 명의 선생

그래그래⋯⋯ 눈꺼풀에 묻은 진파랑은

하늘을 하염없이 바라보는 데 꺼내 쓰자
눈물을 보내는데 바람은 나의 방향
쏟아진 물감으로 가득한 나를 붓으로 찍어
똑같이 당신들의 눈에다가 털 수 있을까

결국 이마에 묻은 군청

학생들이 공부하는 소녀상의 뒷면은 해마다 슬프고
기림주화에 갇힌 소녀들은 온몸을 깨부수며
마이크 앞으로 걸어 나온다 잊지 말아야 하는
생생한 지옥들을 증언할 때
자발성이라고 써 놓은 개같은 학문
울음 없는 자들이 고문과 감금을 용서하라고 한다
울음을 모르는 자들이 화해하라고 한다
화해라는 말은 역겨워

열 손가락에 묻은 보라

보라가 나오지 않을 때까지 다 짜서 쓴다
보라를 넘어설 수 있지 않을까 자꾸
없는 색을 기다린다 흰밥을 입에 쑤셔 넣으며 은색으로 운다

사랑을 더 하면 금색으로 울게 될까
사랑을 더하면 블랙이 된다고 배웠지 블랙보다 더 검은 블랙이

있을까?
　팔레트는 우아하게 캔버스는 평평하게, 오열한다
　사랑의 색채들

　빨강은 빨강으로
　보라는 보라로
　반성할 수 없을 것이다

　원심분리되지 않을 것이다

　숨어서 보는 자가 여기에 숨어서 내 블랙을 조금 짜 갔다

5

미로는 으스스해

미로와 미로 사이에서 사라지지 않으려면

들어가야 해

진심으로 떨리는 입술이 되어야만 해

우리, 미안하다고, 하자*

세 명의 친구들이 칠판지우개에 분필 가루를 잔뜩 묻혀 온다
형벌의 모양이 낙인처럼 찍힌다
정말 이렇게 해도 그저 엎드려 있을까
승일이 등짝을 봐
정말 병신 같아

저항 없이
교복 위로 눈 내린다

너무 차가워서 감각 없는 세계
실험당한 손을 막대기로 때리면
아픔 없이 떨어져 나갔다지 손가락들

저항 없이
교복 위로 눈 내린다
눈을 털어 주는 친구 아무도 없고
눈에 덮인 나를 울어 주는 친구 없어

가혹한 겨울 나에게 먼저 오고
빈 평도 안 되는 나의 등에
괜찮다[1] 괜찮다[2] 괜찮다[3] 저항 없이
눈 쌓인다

왜 이렇게 발자국을 남기고 싶지?
누가 등을 밟았는지 맞혀 봐
더럽히지 않은 눈밭은
못 참지 남은 일 분간

흰 눈으로 덮인 곳은 나의 등짝
발자국이 찍힌 곳도 나의 등짝
울고 있는, 울지 않는
나의 등짝

* 눈 내리는 교실 창문 안쪽을 들여다보는 선생님은 아무도 없었다.

---

1) (내리는 눈발 속에서는) 어떤 선생님도 구해 주지 않을 거니까.
2) (내리는 눈발 속에서도) 조금만 견디면 집에 갈 수 있어.
3) (내리는 눈발 속에서도) 시는 쓸 수 있어.

우리, 미안하다고, 하자
— 양자얽힘

울음 하나가 수업 시간에
교문을 빠져나가고 있다
붙잡혔지만
"학교에서 더는 배울 게 없어요."

내가 너로부터 도망을 간다 해도
내가 너를 끌어안고 울어도

옥상에서 투신하는 손
붙잡았지만
감각 없는 세계
아픔 없이 떨어져 나가는 손가락들

어른들은 좋은 말만 하는 선한 악마예요*

멀티 플러그를 보는 것 같다
선생이 학생을 학생이 학생을 학생이 선생을 선생이 선생을 비
집고 들어간다
멀티 플레이를 보는 것 같다

가해자가 더 길길이 날뛰는 학교에서
피해자가 죗값을 낱낱이 받아야 하는 학교에서

우리는 죄다 연결될 수 있다
우리는 죄다 연결할 수 있다

우릴 막 갖다 꽂을 수 있다 여기에 다
들어오게 할 수 있다 여기에 다

플러그에 플러그에 플러그에 플러그를
들어오게 할 수 있다

한 사람의 슬픔은 절대로 지구 전체의 슬픔이 될 수 없다

발전소 하나가 지구 전체를 밝힐 수 없듯이
혼자서 울고 있는 학생이 있다

울고 있는 한 가족이 있다
지구 전체의 슬픔을 유가족의 어깨에 짐 지우지 않듯이
유가족의 슬픔을 지구 전체가 나누어 가질 수 없다

어제의 뉴스는 오늘의 뉴스보다 뜨겁지 않고
오늘의 뉴스는 내일의 뉴스보다 차가운 것

얼마나 많은 뜨거운 것들이 우리의 앞에서 기다리고 있나
얼마나 많은 차가운 것들이 우리의 뒤에서 사라지고 있나

플러그에 플러그에 플러그에 플러그를
집어넣게 할 수 있다

끝에서 끝으로 올라가는 저
학생이 있다

밀리고 밀려 올라가는 저
학생이 있다
울면서 얼굴을 가리는 저
학생이 있다
다리부터 떨어지는 저
학생이 있다
머리까지 부서지는 저
학생이 있다
전류가 흐른 뒤에도 작동하지 않는다면
고장 난 것이니까 바닥에 뭉개진 저
학생
플러그 플러그 플러그 끝에서 빨간 눈물을 흘리던

학생

고장 나지 않았던 건 그 학생의 눈뿐
끝없이 눈물을 흘러나오게 하던 그 학생의 눈뿐

플러스 플러스 플러스 끝에서 마이너스된
학생이 있다
마이너스 마이너스 끝에서 플러스를 찾고 있는
선생이 있다

＊ 학교폭력 그 끝에 몰리고 몰려 투신한 두 학생의 사연을 들었습니다. 한 학생은 아파트 8층에서 투신하기 전에 유서를 썼다고 합니다. 초등학생이 유서를 썼습니다. 학생은 유서 속에 이렇게 적었습니다. "어른들은 어린이들을 무시하고, 자신 이외에는 생각하지 않는 입으로만 선한 악마입니다." 투신한 학생은 동급생들로부터 지속적인 성추행과 폭력에 시달렸습니다. 엄마는 고통스러워하는 아이의 모습에 절규했지만 학교는 지속적으로 외면했습니다. 학생은 절망했을 것입니다. 학폭위가 열리면 끔찍한 학교폭력으로부터 벗어날 수 있을 것이라고 생각했을 것입니다. 그러나 어른들은 학생의 절규를 무시했습니다. 어른들이 학교 안의 폭력을 방관한 것입니다. 결국 A4 용지 반쪽 분량의 유서를 품에 안고, 이 땅의 학생 한 명이 슬프고도 참혹한 결정을 내렸습니다. 이런 처절한 고통을 내면 깊은 곳에서, 혼자서, 단도처럼 품고 있는 학생들이 얼마나 많을까요. (학교)폭력으로 괴로워하는 모든 학생들과 부모님들께 이 시를 바칩니다.

우리, 미안하다고, 하자
— A에서 Z 사이에 댁의 아이도 들어가 있어요

자꾸 웃음이 터져 나와 A가 비관을 했는데 기분이 좋아 A가 떨어져 나갔는데 A의 성적이 떨어지고 석차가 떨어진 것처럼 웃음이 멈추질 않아 A가 혼자서 떨어졌는데, 떨어졌는데 새어 나와 웃음이 오랫동안

잘라 내고 싶은 교육이 너에게도 있니? 서로 커닝하는 것도 아닌데 왜, 확인조차 안 했을까 모든 답을 밀려 써 버렸어 5분밖에, 안 남았어 OMR에 마킹조차 못하는 검은 눈물 후드득, GMO처럼 떨어져 쌓이는 양심들 우리 인생이 달려 있는데, 깍듯하게 인사해서 우리는, 쓰레기가 되었다고 확신해

책상 위로 공손하게 올라가 허벅지를 열었잖아 흰 허벅지가 빨간 허벅지가 되도록 항의조차 못했잖아 우리는 왜 절뚝이면서 걸었을까 수학 시간이 체육 시간에 방해가 된다고 왜 말을 못했을까 맞는 것이 무섭다는 C를, 울어 버렸던 C를 왜 비웃었을까, 웃음 다음에 오는 쓴웃음을, 어디서 처음 배웠을까 저항 대신 굴복을, 원하는 만큼 어디서 가져왔을까

펜치로 남학생 J의 가슴을 학대하고, 어! 젖꼭지를 펜치로 잡으니까 우유가 나오네! 성추행하는 선생의 말을 왜 그냥 듣고만 있었을까 하나도 우습지 않은 일이 왜 우습게 느껴졌을까 우리는 왜, 다 같이 웃고만 있었을까 J의 가슴이 부서지는지도 모르고

무엇이든 통과해 내는 것이 어려워 모든 체벌을 받아야 했던 R의 손가락 사이에 육각 연필이 끼워지고 체벌을 쾌감으로 생각하는 선생이 R을 움켜쥐고 블루스 출 때, R이 아프다고 비명을 지를 때, 우리는 왜 가만히 자리에 앉아만 있었을까 세상 희한하게 폭소 터지는 일들이 많다고 책상을 두들기며 뒤집어졌을까 우리들의 반응에 선생은 더 신이 났을까? R의 영혼이 타들어 가는 줄도 모르고

평소에 예의를 중요하게 생각했던 Z의 바지가 친구들 앞에서 벗겨지고 옷 위로는 괜찮지 않아? 움켜쥐는 선생에게 왜 아무도 제발! 멈추라고 말하지 못했을까 전교생 중, 왜 아무도 그런 교육에 저항하지 못했을까 그런 학교를 낱낱이 고발하지 않았을까

사라진 줄 알았니?
다 사라진 줄 알았어?
그때가 어떻게
지금으로 연결되고
있는지 봐
썩어 가는 너의 눈깔로
봐

우린 모두 정화에 대해서 생각하고 있는지도 모르겠어 정화하
고 싶은 아이 하나가 옥상으로 올라가고…… 올라가고…… 올
라가면서 이 세상을 노려보고, 정화하고 싶은 아이 셋이 다시 옥
상으로…… 옥상으로

눈물은 모든 추락하는 것들을 희망으로 쏘아 올리는 연료

아이의 육체보다 먼저
떨어졌어 눈물이

체르노빌처럼 죽은, 아이의 얼굴
시리아처럼 죽은, 아이의 얼굴
우크라이나처럼 죽어 가는
아이들의 얼굴

얼굴이 품고 있는 모든
눈물이 끝나면 피라서

우리, 미안하다고, 하자

　남자애가 돌아오지 않았으면 좋겠다고 했어. 남자애를 저주하는 소리 들었어? 저 멀리서 공을 튀기면서 걸어가는 남자애가 뒈 졌으면 좋겠다. 폭행을 한 남자애가 정말 뒈졌으면……

　남자애 동선을 관찰했어. 행동으로 옮기는 애들이 있어 병을 옮기듯이. 병을 옮기듯이 잘 봐 봐. 쟤는 안 그러는데 쟤는 꼭 친한 애를 으슥한 곳으로 끌고 가더라. 쟤는 꼭 약해 보이는 애들을 으슥한 곳으로 끌고 가. 잘 봐 봐 남자애를. 방아깨비가 죽어 있고 거기서 새어 나오는 연가시를 보면 징그럽잖아. 나는 그런데 너도 그러니 재미있다고 생각하는 남자애가 우리 중에 있어. 네 명 중에 꼭 끼어 있는 하나가 리듬을 본 거라고 생각해. 우리들은 함께 모이고 우리들은 함께 놀았지만 남자애가 여자애의 눈을 핀으로 찌를 줄은 몰랐어. 우리는 소름끼치게도 여자애 눈이 찔려서 실명되기 전부터 남자애와 함께 있었단 말이야.

　내가 미워하면 너도 미워했지? 남자애가 어떻게 그 지경으로 찢겨졌을까. 우리가 미워해서 누가 저 지경으로 만들었어? 우리가 미워하는 걸 우리한테 얘기하면 무슨 일이 일어날 거라고 믿었어? 남자애를 넘어뜨리면 모든 귀가 환호하는 저녁이 온다는 걸 누가 처음 알아냈어? 나는 아플 것 같은데 고소하단 생각이 왜

드는 걸까. 고소하단 생각이 들곤 해서 그리로 손이 가는 우리가 뭔가를 안 것이 틀림없어. 졸업 앨범을 봐 봐 우리 표정에 다 드러나 있어.

맨 처음 남자애가 누구에게 도착했는지 기억하는 사람은 없지? 우리 모두 동시에 귀가 열렸다고 진술할 뿐이야. 아무리 입을 다물어도 입술 뒤에 이빨이 있어도 입술과 이빨 모두 한꺼번에 열려 버리는 일이 어느 날 일어나고 남자애는 재미를 수용하기로 했어. 나는 그때 아빠가 불러서 거기 못 갔는데 너는 왜 못 갔지? 귓속이 간지러워서 저녁의 입구까지만 갔다가 돌아왔지. 선생이라도 와서 남자애 귓속에 더러운 걸 넣었다면 덜 미안한 일이 일어났을 텐데.

남자애는 이상하게 그해를 못 넘겼어. 여자애 귀에 벌레를 집어넣던 남자애가 얼굴이 완전히 벌어져서 변태하는 걸 본 적이 있어. 너도 봤지? 남자애는 이상하게 그해를 못 넘겼어. 어떻게 사람이 그렇게 병들어 버릴 수 있지. 이상하지 너와 나는 인간적인데, 왜 고소하지? 그런 친구가 자꾸 없어져서 깨소금이고 살 것만 같아. 작년에는 실명되었던 눈이 다시 보이기 시작했어.

나는 이런 기적 뒤에 뭐가 있는지 아는데 말해 줄까?

장례식장에 신발을 신고 오지 못한 남자애 귓속에 귓속말을 해 주고 싶었어. 후회란 사람이 만들어 낸 거래. 자신이 정말로 용서받을 수 있는지 계산하는 계산기에 박힌 숫자도 다 여유가 있는 사람들이 만들어 낸 거래. 어떤 값을 눈에 쑤셔 넣어서 그대로 삼층에서 뛰어내린 여자애를 봤니? 여자애는 살고 남자애는 죽었지만 시간을 계속 빌려서라도 나는 여자애만 살려 내고 싶어. 빚쟁이가 되더라도 내가 시간을 빌릴 수만 있다면 나는 계속해서 한 남자애를 죽여 버리고 싶지. 그때 죽지 조금 있다가 죽지 말고 아아 야속한 시간, 남자애 얘기만 나오면 악마 새끼, 란 말로 끝을 내고 싶어져. 남자애는 내 귀에다가 침을 잔뜩 뱉은 적이 있었는데 이제 죽어 버렸네. 흥청망청 가스라이팅하고 싶었을 텐데 어쩌지 남자애는.

남자애의 몸이 없다.

어떤 강렬한 후속조치 같은 정념만이 공기 중에 흐르고 있어. 남자애가 찢겨 죽은 현실이 어떤 과거랑 몸을 섞고 있는지 다 찍혀 있는데. 남자애가 사라져서 뇌에 주름이 하나 늘었어. 우리가 기억해야 할 미세조정장치가 하나 더 늘었어. 화면을 좀 더 뚜렷하게 해 봐. 우리 모두가 아는 범죄자의 이름은 우리 모두를 끄덕이게 해. 우리에게 좀 더 가까운 범죄자들은 우리들의 표정과 표정 사이에서 어긋나기 시작하지? 네가 남자애에게 책을 빌린 적이 있어서 그래. 숙제를 맡긴 적이 있어서 그래. 자장면을 나눠 먹은 적이 있어서 그래 남자애랑.

공포가 신을 만들어 낸다고 지껄인 적이 있다.

까만 입술로 웃었던 것은 넷인데 왜 하필 넷 중에 하나일까. 남자애는 특별하고 좀 더 특별한 데가 있었는데 더 미안한 감정이 들기 전에 살인을 하는 기술에 대해 이야기하곤 했어. 아빠한테 배운 거래. 선생한테 배운 건데 귀신같아. 어떤 어른도 현장에 출동하지 않으려 하고 그 어떤 나뭇잎 하나 흔들리지 않으려 할때. 하루를 지나가게 하는 데만 골몰하는 살인의 스킬. 다시 분명하게 말할게. 나는 어떤 걸 봤어. 남자애가 왜 이상하게만 보이는지 나는 소름이 돋아. 얼굴이 좀 이상해서 자꾸 이상하게 어디서 본 것만 같아서 미안하다는 말은 소름이 끼치거든.

남자애가 나더러 으슥한 데로 가자고 했어 미안하다고.
장례식장보다 더 으슥한 데.

남자애는 아직도 참 예쁘게 치장이 되어 있고. 남자애의 손끝에 닿은 손끝이 벌여 놓은 일들을 봐. 꽃은 꽃잎 벌어지면 거기 기어코 암술이 있는 것처럼 계속 미안하다고 했어. 장례식이 끝난 지가 언제인데 계속 미안하다고 했어. 벗을 수 있는 모든 걸 벗어 남자애를 뒤집어 깐다고 해도 그건 다 벗은 게 아니란 거 남자애도 알지. 계속 미안하다고 했어. 여기에 연루된 모든 장례식이 끝나기도 전에 계속 미안하다고 했어.
미안이라는 말은 왜 생겼을까 미안한 사건이 터졌기 때문일까. 미안이라는 뜻의 빈자리 때문일까. 빈자리가 있었기 때문에, 여자애 옆자리에 앉았던 것이 화근이었어. 말할 수 없는 미안들이 우리 사이에 즐비한데. 남자애는 예쁘게 치장이 되어 있고 남자애 가족들은 남자애를 예쁘게 치장하고 치장하고. 치장되는 일이 없어야지 예쁘게 치장되는 악마처럼. 우리 자신을 매매하지 말아야지. 매매하고 있다는 걸 알아챈 어제의 모가지 댕강 떨어질 때 그런 계절이 올 때 오늘의 모가지 댕강 떨어지고. 이렇게 모든 것이 끝났다고 생각하는 미안하다. 아이엠쏘리는 나는 미안해. 끝난 게 하나도 없어서 아이엠쏘리 아이엠쏘리는 나는 미안해. 아이엠쏘리 시작되는 이명이 귓바퀴를 헛돌다가 어떻게 용서의 귀를 만들어 내는지 봐. 시간은 두고 봐.

전원을 끄면 악취가 나고, 사실 밖으로 머리를 내밀면 편육이 담긴 접시가 마구 생겨나지. 다리 밑에서부터 일을 벌이기 시작한 거야. 어른에게 일어나는 일이 애들에게도 일어나고, 남자애들이 저지른 일들을 여자애들도 저지르고, 더 오래 반성해야 할 것 같은 사건들이 갑자기 마감되기도 해.

미안이라고 부를 줄이야 너는 미안을 당했니? 너도 당했어? 찢어진 기분이 그런 거였어? 때와 장소는 달라도 만져 준 사람이 달라도 결국 모욕을 건넨 자들은 다 같이 그때 죽었구나. 애들이 왜 거기서 눈동자가 벗겨진 채 울부짖었는지, 왜 갖가지 모양으로 멍이 들었는지, 우리는 망치로 머리를 가격당한 것처럼 파노라마.

근데 소름끼치는 남자애 이름이 뭔지 아니? 다디달다고 속삭이던 남자애를 단번에 잊을 수는 없지. 히틀러는 죽었는데 히틀러의 자료를 찾아보는 사람처럼.

역사는 한 사람을 울 때까지 만져 준다.

우리는 다 그런 저주에 묶여 있다가 튕겨져 나온 희망이야? 어떤 이름을 기억해. 눈을 부릅뜨고 있어. 초성만 들어도 펼쳐지는 파노라마 자꾸 파도치네 뭔가 짚이는 데가 있으면 어떤 이름들이 떠올라? 공통적으로 목을 매단 이름들의 궤적이 덜렁덜렁 무서운 눈으로 하늘을 쳐다보는 걸, 너와 나는 상상하잖아. 상상하여 옆 사람에게, 더 멀리 떨어져 앉은 옆, 사람에게 전하잖아. 자주 알고 있으라고. 더 자주 환기시켜서 공기가 깨끗해지라고. 끔찍한 일이 나에게도 너에게도, 그다음엔 너에게도 일어난다면. 우린 조금 더 따뜻하고 친절한, 인간이 되어 있을까.

즐거운 탐구생활
— 달팽이는 달팽이가 울고 간 길로 다닌다

멀리서 보니 예뻤는데
끈적하고 더러워 가까이서 보니
온몸을 감싸고 있었구나 우울질이
너는 우리 스타일이 아니었구나
소금 가져와 소금 한 톨을 던졌어 두 톨을 던졌어
튀어나온 눈알이 쑥 들어갔다가 더 많이 튀어나왔어
거품이 나기 시작했어 너는 무엇으로 이루어져 있었니
거품이 어디서 이렇게 뿜어져 나오는 거야
너는 소리를 낼 줄도 모르는구나
침묵 속에서 얼마나 크게 하지 말라고 말할 수 있니
하지 마 하지 마 불쑥 튀어나와
흔들리는 것은 너의 팔이니 생식기니
모든 죽어 가는 것은 재미가 있구나
너는 녹고 있는 것일까 얼고 있는 것일까
거품이 널 감싸고 있는 동안 아이들은 떠났어
거품이 널 끌어안고 우는 동안 아이들은 잊었어
네가 녹으면서, 타들어 가면서 우는데
아무 소리도 들리지 않는 한낮이었어

네가 가진 모든 눈물이 다 빠져나올 때까지
아무런 일도 일어나지 않는 여름방학이었어
네가 하나쯤 사라져도 좋을 것 같은 주일이었어

우리, 미안하다고, 하자

공부를 잘하든가 키라도 크든가 돈이라도 많든가
너 남자 키 1센티미터가 돈으로 얼만 줄 알아?
너 그렇게 공부도 못하면 좆된다
1센티미터에 1천만 원
돈 벌어 새끼야
결혼도 못해

공부도 못하고 키도 작은 학생 이름은 뭘까?
미안하다 너의 이름은 오늘날 '좆만 한 아이'

선생이라면 욕이라도 날려야 한다 선생이라면 복수해 주고 싶
어 안달이 나야 한다 그런 마음이 안 드는 선생은 학생을 제 시다
바리쯤으로 여기는 선생 이름을 더럽혀서 미안하고 막 불러내서
미안하고 진심으로 하나도 미안하지가 않아서 선생은 미안해야
한다 무릎을 꿇고 무릎으로 걸어가서 사과해야 한다

모욕과 수치가 어떻게 교무실까지 올 수 있었는지 우린 모른
다 저런 선생이 어떻게 담임까지 할 수 있었는지 우린 모른다 사

지를 잘라 내도 절망은 굴러다니고 마음 아픈 학생을 인양하지 못하는 날이 이렇게 서러워 나는 슬픈 훈계를 적고 있다

　마음에 지진이 난다

　붕괴 직전인 교실로 들어가는 학생들이 있다 목숨을 건지면 기회를 잃는다 각오를 다진 학생들이 절망을 치고 나와 고시에 합격하는 것처럼 마음을 다친 학생들이 미래를 걷어차고 차례로 투신한다 살아남은 누군가는 조롱하는 선생으로 진화하고, 막말하는 선생으로 유명한가 하면, 여학생을 여자로만 보다가 쇠고랑을 차기도 한다 바닥부터 무너져 내리는 학교에서 전교생이 안전하게 대피할 수 있을까, 혁신을 짜내는 선생도 섞여 있다 심지어 자기 목숨을 버리며 학생을 구하는 선생이 나타날 때, 간신히 살려 낸 학생을 유린하는 추행범도 있는 것이다 웃으면서 시계를 푸는 모습이 천박해 보인다고 생각했던 건, 웃으면서 학생을 때린 고등학교 작문 선생 때문이다 비장한 표정으로 교육을 위해, 학생의 안전을 위해 마지막에는 반지까지 뺐던 그 선생

한국이라는 학교에서는

자기가 찍어 누르고 울어 버린 선생이 있는가 하면 학생들 속옷 사진을 찍어 올리게 하는 선생도 있다 어떤 선생의 휴대폰에선 불법 성 착취물이 나오기도 하고 서로가 서로를 성추행했다고 티브이에 나오기도 한다 막장에는 죄를 뒤집어썼다고 발광하는 끝판왕도 있는 것이다 센 놈이 약한 놈을 밟고 올라가는 것이 교육이라고 할 때, 센 놈이 더 센 놈한테 밟히기도 하는 게 참된 교육인가

누구에게나 맨 처음 선생이 있다

선생을 함께 욕하는 사이를 친구나 선후배라고 한다

친구나 선후배를 통해서 본 걸 합치면 그것이 나의 전체일까

그들에게 보고 배워서 절망한 걸 합쳐야 비로소 나다

교복을 맞춰 입고 일동 차렷 자세로 억울한 표정을 짓고 있는 학생들을 수많은 복도에서 본다

크나큰 사건 몇 개가 사람을 만들어 낸다

작디작은 생각 몇 개가 괴물을 만들어 내는 줄

아직도 모르는 모든 얼굴은 언제쯤
실실 쪼개는 웃음을 거두어 갈까

나는 나의 공부가 끝나는 날 아직도 나를 웃기기만 하고 웃음은 절대로 거두어 가지 않는 사람들을 지나쳐 더 큰 웃음을 선사하는 사람들에게 안겨 있을 것 같다

황당해서 입 다물지 못하는 눈 아픈 눈을 덩그러니 들여다보는 눈 너희들이 잘 됐으면 하는 눈은 따뜻한 눈일까 우리 기분을 잡치게 하는 눈일까 학생들이 맞고 있는 동안 어디서 뭘 하고 있었는지 도통 알 수가 없는 눈 그런 눈 앞에서 속삭이는 눈 그런 눈 뒤에서 거짓말하는 눈 이야기를 지어내는 눈 소문내는 눈 따돌리는 눈 뒤를 캐고 다니는 눈도 있다 뒤를 캐서 언젠가 뒤를 칠 수도 있는 눈이니까 눈은 결국 사람을 발견한다 무엇이 될지가 봐야 아니까 끝까지 가 보는 너나 나나 확실히 아는 것은 다음과 같다

오늘 개같은 훈계를 쓰다듬고 쓰다듬은 학생은 참혹을 아는 학생

오늘 구타를 당한 학생은 참혹을 공부한 학생
오늘 옥상으로 처음 올라가 본 학생은
자기 인생의 먼 곳까지 메아리치는 참혹을 서럽게도 불러 본
학생이다

저기 저렇게 보이지 않는 소실점 끝에 맺혀도
참혹은 거기까지 갔다 다시 돌아온다

　　　　　우리에게

희망은 빼앗고 절망만을 주는
— 그는 돌아갈 힘을 남겨 두지 않을 거라고 했다 3

녹취록 6

담배 연기를 내뿜으며 그는 말했어요 나는 돌아갈 힘을 남겨 두지 않을 거야 그가 좋아하는 대사였어요 감동적인 대사는 누굴 모욕한 아가리에서 제일 멋있게 튀어나와요 미안하다는 말도 환상이고 고맙다 사랑한다 널 좋아해서 그랬어라는 말도 거지같은 발싸개일 뿐이에요 사랑해서 목을 매달게 하는 새끼가 어디에 있나요 사랑해서 많이 때렸다 사랑해서 학생 허벅지를 만졌다고 하는 새끼들이 어디서 이렇게 한꺼번에 터져 나오는 것인지 그럼에도 불구하고 다 너를 위해서 하는 말이야 다 너에게 좋으라고 했던 것들이야

녹취록 7

대롱대롱 매달린 누군가의 간절懇切을 끊어 버렸던 적이 있어요 시끄럽다고 자기 맘에 안 든다고 어떻게 줄을 끊어 버릴 수가 있죠? 간절 밑에 매달린 또 다른 간절들이 있을 텐데

보일 턱이 없죠 개새끼

자신만 중요하니까

아주아주 잘 쓴 편지로 사과한다고 살아나는 것이 아니에요

죽은 마음 죽은 사람이 그 따위 사과 한 번에 살아난다면 그 따위 언어들이 이 땅에서 더 화려하게 판을 치겠어요 여기 사람을 이렇게 잔인하게 죽여 놓고서 기적처럼 살렸습니다 그런 기적은 너 같은 씨발새끼의 영역이 아니잖아요 천사의 흉내를 내는 데 온 힘을 쏟아 붓고 자빠졌어요? 이건 필시, 밑에 있는 사람들이 죽어 나가든 말든 돈이나 처먹는 회장 새끼나 쾌락에 빠진 자식새끼나 야동이나 쳐 보고 있는 교장 새끼나 자기 자지를 만져 달라고 쪼는 새끼나 한 학교 출신의 선후배 관계가 아니겠는가……

녹취록 8

적발되고야 말았네요 적발하고야 말 것이네요 좆같은 대장 밑에서 시작한 더 좆같은 대장들이 일렬종대로 탄생할 것 같은 예감은 그대로예요 한국말은 끝까지 들어봐야 한다고 그랬는데 이런 놀라운 반전이 일어났어요 책상에 엎드린 학생이 있었는데요 그 학생을 불러서 데려가는 거예요 그 학생은 잠 속으로도 도망을 못 가요 서로서로 깨워 가며 때리더라고요 보통 깨운다는건 좋은 의미로 쓰인 적이 많아요 꿈에서 깨자마자 더 세게 얻어터져야 하는 한국말의 좋은 의미, 한국의 현실은 위로의 장면들도 끝까지 돌려 봐야 속셈이 뭔지 알 수 있다구요 그때 그 자리에서 자기 자지를 꺼내 놓고 지랄한 새끼가 누군지 결국은 알아낼 수 있다는 말이에요 사람도 고양이도 나른한 건 사실이고 우리는 언제나 깊은 꿈속에 동그랗게 말려 있다가 사랑하는 누군가 흔들어 깨우면 부스스 일어나는 존재라고 생각하는데

제일 먼저 기다리고 있는 것이 따귀라니요 모욕이라니요 간밤에 꿈의 상층에서 뭐가 이렇게 시끄러운지 밤새도록 물을 쓰는 거 같더라고요 자꾸 날 깨워서 그때마다 집 안을 살폈는데 괜찮았는데 자고 일어나니 하수도가 넘쳐서 별 게 다 올라오는 걸 겪었잖아요 4급수에 산다는 실지렁이 수백 마리가 아직도 눈 속에서 떠나가질 않아요 뭐 그걸 가지고 그래 뭐 그런 걸 가지고 (시끄럽게) 그래, 자기는 농담 같은 거라는데 책상 서랍에 죽은 뱀을 넣은 새끼도 있었네요 다른 사람의 심장 따위는 절대로 걱정 안 하는 새끼들이 지금 한국에 너무 많아요 너무요

트위터 5
희대의 천사가 악마랍니다
희대의 악마가 천사랍니다

우리, 미안하다고, 하자

학습능력 떨어지는 지진아 모질이들 조롱하면서 학생들 뒷담화에 신이 난 선생이 있고, 아무것도 모른 채 선생니이임 따르는 학생들을 뒤통수치는 선생도 있다 그러니까 우리들은 모두 자라나는 녹음기, 아니 휴대폰이에요 동영상 촬영 중이랍니다 초! 고화질로 싸대기를 맞으시렵니까 다들 꺼내 휴대폰 그러니까 말 조심하세욧 앙기모띠 에바참치 씨발 선생아 어쩔티비 여기까지는 도덕이나 윤린데 (윤리 선생이 그랬다고는 정말로 말을 못 하겠고) 오지고 지리고 렛잇고 지금부터는 범죄 시이작!

애들이 짧은 치마를 입고 온다고 눈을 얻다 둬야 할지 모르겠다고 진심 허벅지에 앉으면 안 되냐고 물어보는 선생이 있다 촉법소년 촉법소년! 어차피 미성년자라고 씨발것들아 학폭위로 당당하게 걸어 나오는 학생들이 있다 가끔 들통이 나서 직위 해제되는 괴물들을 보라 이번에는 화장실에 몰카를 설치했다지 몇 년간의 해프닝이 끝나면 뻔뻔하게 교단으로 기어 나오는 자가 있다

다 함께 목소리를 높이는
"날 어떻게 벌줄 건데 씨팔"

닮아 있는 꼬라지를 보라

　하긴 해마다 손찌검하는 존재들을 교실에서 복도에서 지겹도록 만났으니 우리는 모두 산교육의 피해자 그럼에도 불구하고 이대로는 인정할 수가 없어요 우리 애는 때릴 애가 아니에요 우리 애는 공부도 잘하고 우리 애는 결석도 안 하고 우리 애는 황금빛, 꿈이 있는데, 우리 애가 어떻게 사람을 때려요? 지금도 그 생각 변함이 없어요 어디 가서 처맞지 말고 차라리 때려!

우리, 미안하다고, 하자
— 12명의 학생들이 한 명의 학생을 집단으로 폭행하는 현실

우리는 모른다 우리는 모른다 할수록 무서워지는 학교에 그 렇게 많은 창문이 달려 있다. 그렇게 많은 창문이 우리는 모른다 우리는 모른다 보고 있다. 그녀의 피켓 속에선 살려 주세요 살려 주세요 소리가 나오고 있다. 그녀가 그걸 어떻게 쓴 줄 안다. 빨 갛게 되도록 엎드려서 피켓 하나를 완성한다. 짤막한 문장 속에 서 일만 이천 명의 비명이 절벽 절벽 떨어진다. 어미의 등을 터트리 고 나오는 거미 같은 소란을 상상하며 사람들이 지나간다. 이런 사실을 하나도 모르고 있는 가해 학생에게서 웃음이 터져 나오 는 것은 태평성대의 시절이 오고 있기 때문이다. 가해 학생의 부 모는 말한다 무엇을 위한 처벌입니까? 우리 아들은 파일럿이 되 어야 한단 말입니다 이 씹새끼들아. 모든 방과 후는 미래로 미래 로 다독이는 길을 터 주고 있단 말입니다. 귀찮은 수갑 더 듣기에 무료한 수갑 이야기는 그만하세요. 수갑은 수갑의 주인에게 무 죄의 열쇠를 함께 건네더란 말입니다. 그런데 난들 어쩌라고요.

아직.

거기 서 있다.

그녀가 거기 서 있다. 눈을 맞고 눈을 쌓이게 하면서 그녀가 거기 시 있을 때, 신문기자는 이렇게 말한다. 가해 학생에게서 휘파람이 나오는 것은 참 신기한 일이다. 가해 학생의 얼굴에서 웃음기가 비어져 나오는 것은 참 경이로운 일이다. 얼마나 희망으로 가득 차 있는가. 이미 수시로 합격한 수험생처럼 더 이상 시험에 들게 하지 마옵시고 수능이 끝난 수험생처럼 더 이상 오답노트를 정리하게 하지 마옵시고 비껴간 정답은 아직도 모색하는 자에게만 안타까운 것. 가슴을 치게 만드는 것. 괄호 속에 들어가 있는 아들의 글씨를 내려다보면서 울고 있는 자는 가족들뿐. 누가 커터칼로 교복 가슴께를 박박 긁어도 거기 새겨진 이름을 잊지 않는 건 맨 앞에 나와 있는 사람뿐이다. 개복開腹된 사람이다. 심장이 반쯤 꺼내어진 사람. 그러면 제발 그러면 제발 우리 아이 좀 살려 주세요 울부짖는 것도 죽어 넘어졌다가 다시 일어서는 것도 오로지 맨 앞으로 뛰쳐나온 사람뿐이다. 총알받이처럼 총을 맞기도 전에 심장이 멎을 것 같은 사람뿐이다.

한 학생의 돈과 옷을 상습적으로 빼앗고 그 학생을 집단으로
폭행한
12명의 가해 학생들
그들의 학부모 24명은
피해 학생과 그의 어머니를 상대로
손해배상청구가 포함된 집단소송을 했다.

칭찬이 아니라요 선생님, 지옥은 피할 수 있으니까요

저는 오 학년 때 매일매일, 혼자서 날씨를 기록했어요
비가 오는 날에는 안 나가도 됐었는데
차라리 비를 맞기로 내밀하게 결심했어요

온도계와 습도계를 들여다보고 있는 저예요
오늘의 기압계는 어떤가 표정을 기록했어요
우량계 안엔 빗물이 가득, 풍향계는 가속 상태였어요

일부러 비 맞으면서 기록하면 칭찬을 받을 줄 알았니?
반 전체의 웃음소리가 빗소리보다 컸어요 번개가 번쩍 했어요

백엽상은 늘 객관적일까요 백엽상은 감정을 제거했을까요
우량계 안엔 빗물이 조금, 풍향계는 정지 상태였어요

나보다 키가 작은 9반 1번

제일 먼저 태어나서 제일 먼저 부끄러운 9반 1번 올해의 표적은 몇 번일까 제일 만만한 1번과 친했다면 팝콘을 먹으며 서로에게 이야기했겠지 페이스허거에 스스로 들러붙은 배우는 창문을 깨고 바닥으로 쿵 떨어지던데 두세 명이 와서 온 힘을 다해도 떨어지지가 않는다고 근데 우리 어떡하냐고 두세 명이 벌써 우릴 지목했다고 우리에게 달라붙은 창피함을 알아봤다고 우리에게 달라붙는 모멸감을 누가 불쌍해할까 툭 붙여 놓기 좋게 밋밋한 얼굴이니까 괴물을 붙여 놓은 거지 붙어 다닌다고 친한 우리가 떼어 줄까 그 수치를? 불 속에서 쪼그라드는 그 고무 냄새?

무엇을 할 때도 제일 먼저 나가서 제일 먼저 창피를 당하는 9반 1번 제일 먼저 따돌림을 제일 먼저 성희롱을 제일 먼저 구타를 당하는 9반 1번 하지 마 하지 마를 이백아흔다섯 번 외치는 9반 1번 이백아흔다섯 번 성추행당하는 장면을 본다 이백아흔다섯 번 바지에서 꺼내어진 고추 이백아흔다섯 번 한결같아서 9반은 1번이라는 걸 알았다 이번 영화에서는 쟤가 죽는다 반 아이들이 모여서 이야기할 때, 괴롭힘 대마왕이 한 녀석의 뒤통수를 갈기면서 말했다 이 씨발새끼야 재미없게, 먼저 이야기하지 말랬지

피가 고이기 전에 우리 발밑에 고이는 것은 무엇일까 우르릉 쾅 빗물에 고인 것들 머리를 맞대는 고깔들 나팔들 깔깔깔 지겨워 재건이 안 되니까 하늘은 시간 편이고 반성문과 다르니까 시간은 바닥 편이고 머리부터 떨어지니 바닥은 얼마나 든든한가 이백아흔다섯 번 충분히 눈물은 지둔遲鈍을 괸다 눈물이 흐른다 눈물은 고이고 있다 이백아흔다섯 번 마음이 무너지는 걸 괴고 있다 기필코 비가 그친다 비가 마른다 격자무늬로 고이고 있는 1번 얼굴 비에 한번 흠뻑 젖은 책들은 복구가 되지 않는다 책꽂이에 꽂힌 책이든…… 바닥에 떨어진 책이든…… 자기 페이지보다 두꺼워져 있다…… 책장과 책장이 들러붙어, 책장이 넘어가지 않는다 시간으로 흘러가지 않는다, 책장 너머가 없다

학폭위 취소
— A중학교 피해 학생 M의 절규

너와 나는 왜 아직도
같은 반에 있을까

숨조차 쉴 수가 없는데

너는 나로부터
고작 다섯 걸음 뒤

목소리 숨소리 네가 주먹으로 책상을 치는 소리
목소리 숨소리 네가 사물함을 발로 차는 소리
목소리 숨소리 네가 이름을 다시 부르는 소리

목소리 숨소리 네가 하굣길에 죽었으면 하는
내 마음 소리

깨끗하게 차에 치었으면……
내가 죽어 가는 소리

얼굴이 안 잊혀

때린 사람 얼굴이 안 잊혀. 맞을 때 영혼이 움푹 패는 거. 내 가슴을 힘껏 밟고 있는 가해자의 족적 같은 거. 그 사람만의 이목구비와 윤곽 같은 거. 잊을 수 있다고 생각했거든. 오늘 쿠키 상자가 떨어져 열리고 단체사진 속에 그 사람 얼굴이 있었어. 아무도 그 사람이 가해자인지 몰라. 그 사람은 어디서 아빠가 되어 살고 있을까? 좋은 아빠일까? 이웃에게 따뜻한 사람일까? 그 사람은 자기가 저지른 일들을 까먹었겠지? 행복 속에 죄악을 파묻었겠지. 예쁜 가족들이 지워 줬겠지. 스스로 잊었겠지.

얼마 전에 나 TV에 나왔었잖아. 폭력에 저항하는 시 운동을 하니까, 가해자 만나면 한마디 하실 수 있겠느냐고, 아나운서가 물었어. 지금도 못할 것 같다고 대답했어. 그 사람이 무대 뒤에서 웃으면서 나올 것만 같았어. 안 나올 것 같았어 목소리가. 불에 그을린 유리가 아니라 투명한 유리를 주면서 한나절 태양을 똑바로 쳐다보라고 명령하는 목소리가 자꾸 떠올랐어. 눈을 다치게 했던 것은 명령이었을까, 끝끝내 식지 않는 태양이었을까. 그에게서 멀어지면. 용서할 수 있을까. 잔해가 그대로인데. 용서가 올까.

내가 아는 어떤 별은 수십억 년 전에 사라졌는데, 아직도 보인대. 그 사람은 소멸했을까. 내가 죽은 다음에도 그 사람은 보이겠지. 내가 모르는 빛깔과 감촉으로. 사람들에게 사랑을 받을 수도 있겠지만. 그 사람은 가해자예요. 말해도 몰라. 잘 보이지도 않으니 그만 잊어요. 미스터리 같지. 피랍되었던 사람들만 선명하게 본 거야. 내부에 누워 본 거야. 몹쓸 짓을 당했다고 말해도 믿지를 않으니까. 관심이 없으니까. 눈을 다친 나만 알아보니까.

아나운서가 왜 그때 싸우지 않았냐고 물어봤어. 피해자가 겪은 일들, 피해자에게만 보이는 거야. 예나 지금이나 때린 사람은 때리지 않았다고 말하는걸. 예나 지금이나 방관자들은 피해자가 맞는 걸 직접 본 적이 없다고 말하는걸. 도대체 어디서 그렇게 처맞는 거냐고. 어디서 폭력이 그렇게도 자꾸, 일어나느냐고. 때론 눈물 나는 현실이 귀찮을 뿐이고. 누가 아파서 사라지든 말든 관심이 없어. TV에 나오기 전까지는 몰랐대. 아팠다는 걸. 이미 사라졌다는 걸.

학교폭력법률개정안이 또 한번 바뀌어 가는 계절이야.

어떤 학교는 학생이 선생을 때려서 난리가 났대. 폭력은 SF야. 비현실적으로 오고 있는 현실인 거야. 언젠가는 우리 모두가 고개를 끄덕이게 될까. 그때도 고개를 저으면서 부정하게 될까. 역시 그 사람은 사랑이 많은 사람이라는 것을. 그 사람은 넘치는 사랑으로 메마른 개새끼라는 것을. 우리 모두가 알게 되는 날은 언제일까. 하늘을 뒤덮는 운석처럼. 쳐다보면 다 보게 되는 날이 올 수도 있을 거야. 맨눈으로 모자이크도 없이.

다 말하기 전까지는 아무 데도 못 가는 나무

번개에 쪼개진 나무가 자동차를 덮쳤다고
나무가 가리키는 하늘을 보는 사람은 아무도 없었어요
번개는 순식간에 사라지니까 그것을 벌주는 이는 없었어요
하늘을 여전히 가리키고 있는 반 토막 난
나무만 질질 끌려가고 있었어요
다음 비가 내릴 때까지 다음 번개가 칠 때까지
입이 틀어 막힌 나무 밑동만 옛날의 파문을 기억하고 있어요
나무가 뻗어 올린 상상보다 번개가 뻗어 내린 상상의 폭이 컸어요
빛과 열을 내는 손가락들이
더 작게 속삭이는 가지들을 부러뜨리고 있었어요
나무는 여전히 사랑 가운데 서 있어야 하나요
나무는 아파요 이름이 지워질까 봐
이름이 아파지도록
더 휘황하게 관절을 꺾는 백지 위의 활자처럼
나무는 다시 여러 가지로 나뉘고 싶을 뿐이에요
갈래가 되고 싶었어요 당신과
노래하고 싶었어요 비명을
지르지 않고도 펼쳐놓고 싶었어요

나누어지라고 명령하지 않을 거예요 겁박하지 않을 거예요

이곳에서 저곳까지 만지지 못하게

손을 뒤로 묶지 않을 거예요

나무가 사방으로 팔을 흔드는 것은 관절에 대해 설명하지 않

았기 때문이에요

신체에 대해 꿈에 대해 심장과 피의 흐름에 대해

집요하게 녹음하지 않았기 때문이에요

나무가 나무가 되는 이유는 쉬다가 가는 사람의 눈동자가 가

져갔어요

눈동자에 적힌 글자를 기억해 내느라 오늘 하루가 더디게 흘러

가고 있어요

웃고 다니는 나무가 아파요 무언가를 자꾸 내려놓는 나무가

아파요

이 지구에서 나무만

무슨 일이 일어날 거라고 희망을

한 가지로 물들여 죽이지 않았어요 번개 밑에서

더 아픈 나무들이 있는 힘껏 초록을, 초록 아닌 것들을 끌어안

고 있어요

우리, 미안하다고, 하자
— 다시 학교로 돌아가야만 할까*

나는 그것을 복수라고 부르지 않겠다 그것은 어디까지나 참혹에 매달린 자의 것이므로 나는 그것을 하나의 값이라고 부르고 만다 어떤 값을 치르게 될까 어떤 값을 치르고 다 이루었다고 말한 사람을 생각한다 나를 사랑했던 선생은 몇 명일까 나를 사랑했던 선생은 실로 많았지 나를 사랑했던 친구도 많았다 말 한마디에 죽는다는 걸 아는 선생이 얼마나 많았는가 주먹질 한 번에 마음이 다 쓸려 나가는 것을 친구가 왜 몰랐겠는가 더 넓은 세상을 향하여 더 완벽한 진도를 빼기 위하여 희망은 알면서 죽였으리라

나는 푸른 정기 드넓은 교훈 앞에서 유니폼을 팽개치지는 못하고, 난쟁이가 되어 버린 학생을 교실까지 데려다준다 학교는 나의 시각으로 보면 작다 운동장이 작고 선생들이 작고 참 가르치는 마음들이 작다 아직은 작다 그 옛날 죽도록 맞아도 저항 한 번 하지 못한 나를 째려보면서, 죽도록 내가 맞고 있어도 몰랐던 그날의 선생을 째려보면서 더 이상 학교에서는 배울 것이 없다 단정하는 나의 마음이 작다 아직은 작다

마음에 지진이 나서 금이 간 학교 교실에 어떻게 들어갑니까 처음으로 저항이란 걸 해 본 저 지방의 학생들을 쓰다듬어 본다 학생들도 학교에서 비정규직일까 가라앉는 배에서 학생을 구출한 선생을 기간제와 정규직으로 나눠 부르는 것을 본다 가라앉는 배에서 구출된 학생들도 선생을 기간제와 정규직으로 나눠 부르게 될까 학교에 와서 배웠다 선생인 친구가 가르쳐 줬다 선생도 선생을 대놓고 앞뒤로 나눈다

학교를 지킨다는 것은 창피한 일이 되어 버렸다 투신한 학생의 고백처럼 울음처럼 이번 생은 글렀어요 투신을 품고 있는 학생들 저마다의 창밖을 보고 있다 다시 돌아가야 할까, 다시 돌아가서 학생부장에게 미안하다고 해야 할까, 참으로 세상은 이럴 때 뱉을 유머도 사라지고, 학교마다 붙은 위대한 명언들은 아무짝에도 쓸모가 없다 이미 많은 학생이 죽었기 때문이다 이미 많은 선생이 죽었기 때문이다 한번 죽인 걸로는 절대 끝나지 않기 때문이다 한번 죽은 걸로는 결코 나아갈 수 없다는 것 완전히 알 때까지 죽고 나야 구역 B로 갈 수 있다는 것 우리에게 가장 간절하게 손 내미는 구절들이 지금, 여기로 올 때까지 나는 나의 공부를

너는 너의 공부를 얼마나 더 해야 하는 걸까

　최초의 충격 바깥으로 나와 너는 최대한 튕겨져 나가고 싶다
고통은 한번 겨눈 총구를 쉽사리 거두지 않을 것 같다 제대로 맞
은 복부의 욕망, 제 마음대로 찢어진 아가리를 마우스피스처럼
끼우고 우리는 아직도 구역질 중이다

　＊ 한국이라는 학교에, 좋은 선생님들이 더 많다는 것을, 우린 알아요,
네 그러니까요.

6

지
상
의
색

Vantablack

피가 흘러나오는 밤 신발 속에서 발은 미끄러지고 미끄러지고 유리 위로 떨어진 아이는 미끄러질까 신발 속에서 죽을 수도 있을까 이런 작은 신발 속에서 이런 작은 신발 속에서

발목에 힘을 주고 돌아온 아이

*

앰뷸런스 앰뷸런스 오늘도 가는가 아이를 스치고 아이를 태우고 데려다 놓은 아이를 버리고 앰뷸런스 아이를 달래 주는 앰뷸런스 아이를 구원하는 앰뷸런스 어디로 가는가

피범벅이 되어 돌아온 아이

*

실밥이 사라질 때까지 입을 다물고 있다 누가 그랬을까 누가 그랬을까 진실이 간절한 건 가족뿐이야 실밥이 사라진 후에도 웃지 않는다 차라리 유리창 밖으로 떨어져 버린 게 희망이란 걸 안다

유리창 밖으로 밀어 버린 게 너란 걸 안다

*

네가 잡히지 않는 동안 네가 복역하는 동안 조용하게 다음을 그다음을 모의하는 동안 네가 아이의 마을로 천천히 돌아오는 동안 첨단의 소식이 지상으로 지상으로 처음처럼 떨어진다

네가 불치의 병에 걸렸다는 소식이 듣기에 참 좋다

*

나의 입꼬리에서 생겨나 아이의 입꼬리로 서서히 사라지는 불꽃놀이의 포물선처럼 스마일

```
    *           *           *           *
  *    *      *      *      *    *      *
*           *           *
  *      *           *      *      *
```

7

살리는 세계를 만나고 싶어

뻔한 절망과 희망을 앞질러 갈 수 있다면

우리는 덜 슬프지 않을까?

우리는 결코 우리를 막 다루지 않을 거야

시험 시간

낙엽은 왜 낙하를 멈출 수 없나
왜 다시 돌아갈 수 없나 저게 따돌린 나뭇가지야
왜 고발하지 못할까 손가락이
칼을 잘라 낼 수 없을까 커닝한 시험지가
스스로 불탈 수 없을까 살해한 사람을
무찌를 수는 없을까
죄 없는 교사에게 날아간 폭언이 가까스로 꺾여 바닥에 툭
떨어질 수는 없을까

시험 보는 소리만 들리는 교실에서
나는 상상에 박힌 안전핀을 계속 뽑는다
맞았는데 하나도 안 아파 찔렸는데
피 한 방울 안 나올 정도로 우리가 냉정하다면
무엇이 바뀔까

시험지를 뒤집어 놓고
멍든 얼굴로 창밖을 보고 있는 남자애만큼은 생각할 시간을
주고 싶어

시험 시간이 흘러간다 너도 그렇고 나도 그렇고
맞은 자리를 옷 위로만 쓰다듬고 있는 걸까
풀어 놓은 문제도 없는데 시험 시간이 흘러간다

끌려가서 맞은 자리는
집에 도착하기 전에는 못 만져
집에 가서 벗어 보면 어김없이 벌어져 있는 곳

생각해 보면 답을 틀린 자리마다 맞는 자리라서
처음 맞아서 집에 돌아온 아이의 서글픔처럼
아파하는 것들이 물결치는 자리에는 어딘가로
가고 싶은 돛배가 뜨는 것이겠지

사랑해 사랑해 시간의 긴 옷감 밑에서 바람이 가리키는 투쟁의
방향으로
너와 내가 가도 된다면 혹시
거긴 시험도 없고 학폭도 없는 곳일까 아니라도
시험이나 학폭의 결과만큼 뻔한, 여기보다는 낫겠지

타작 날
— 뱀 무늬 혁대

(발가벗은)

온몸에 두 척 세 척

배가 뜨는 날

세계의 절반이 아픈 아이야

어디로 가고 있니

난로 위에 떨어진 물방울처럼 아이야

어디로 떠나고 싶니

싹 다 벗으라는 그 말로부터

뱀이 나온 세계로부터

두 눈을 감고 폴짝

(발가벗는)

우리는 어떤 과거를 용서해도 될까?

　다시는 꺼내 볼 수 없는 악보가 있어 한 소절의 거룩함이 거기 있었어 동네마다 노래를 부르는 아이들이 보이니 애도하는 것처럼 들리는 모든 원가의 후렴들 그 사이에 끼지 못한 아이의 돌림 노래가 들려와 가녀린 다리 사이로 붉게 흘러간 노래 아이는 어떤 노래였을까

　아이는 너의 모든 실패를 동그란 손으로 감싸 쥐고 십 개월 동안 자라나기로 약속했지 누가 가르쳐 주지 않아도 따라갔던 진화의 끝, 진화하기로 결정한 모든 단세포처럼, 고마워 사랑해 이렇게 여기로 와 줘 햇빛 가득한 여기를 함께 바라봐 줘 햇빛이 어떻게 햇빛을 딛고 밝게 깨어지는지 엄마들이 유모차를 몰고 오는 것처럼, 사랑은 우리에게로 와 속삭이는 추억이 너에게도 있잖아 너는 그것을 왜 기억하지 못했을까 햇빛 가운데서 눈을 감으면 아이가 선명하게 보일 텐데 엄마의 뱃속에서 햇빛 나르던 핏줄이 제일 많이 남아 있는 곳 눈꺼풀, 진실이 모인 곳

　딸랑이가 놓여 있는 너의 거실을 지나 사월의 푸른 잔디를 닮은 아이 하나가 너의 바깥으로 걸어 나가는 저녁이야 종이로 접

지 않은 너의 진짜 코를 한번만 만져 보고 싶지 않았을까 그 아이는 너를 사랑했지만, 너에게 다가오는 또 다른 아이가 너를 사랑하고 있을 테니 축하해 다른 여자와 함께 시작한 새 삶을 축하해 정식으로 아빠가 된 걸 축하해 이전 것들은 다 지나갔으니 연습장처럼 찢어 버릴 수 있었겠구나 현실적인 아파트에서 현실적인 젖병을 흔들고 있는 너 새 사랑[1]이 시작되는 사월이야

　　너는 진실[2]을 향해서 걸어가고 싶다고 말했지 무엇이 사랑[3]인

---

1) 백선에 걸린 손톱처럼 너는 두껍게도 살아왔나 봐 보이는 면을 보이지 않는 면으로 밀어 넣으며 은밀하게 종이를 접고 있을 때 나도 종이를 접어 나도 종이를 접어 날리고 싶어 만들고 싶은 것들이 많아 아빠 나에게도 종이접기를 알려 줘, 목소리가 들리지 않니? 우리의 현실을 봐 자궁에서 떨어져 나가는 붉은 벽돌들을 봐 무엇이 무너지고 있는지 그 밑에 누가 있는지 철철, 퍽 머리 위로 떨어지는 천 마리의 빨간 종이학들, 유리병들, 연쇄 연쇄 학알 같은 사랑의 반응 결과가 가지각색에 담겨 누군가의 정수리 위로 떨어지는 거 망각을 차갑게, 오래 유지하려는 냉장고 소리가 크게 뜨겁게, 신음처럼 들려오는 지구야

2) 그런데 네가 아는 진실은 정말로 무엇일까?

3) 망각의 입구가 기억의 자루보다 넓고 쾌감의 입구는 통증의 방보다 넓어 터질 것 같은 외설적 비눗방울 교묘히 색을 접는 밤의 스탠드 아래 살다 보면 살다 보면 그런 일도 있는 거라지 고백한 누군가는 무죄라네 천천히 용서를 하는 거야 너는 치유되고 있는 중이라네 너는 복에 대해 생각하는 중이라네 법률은 멍청해 형법에 설 필요가 없어 너는 스스로 용서했구나 오르골처럼 침착하게 용서받았구나 또 한 명의 아이가 어디선가 무참히 죽어 가는 계절이야

지 생각하는 시절을 살고 있다고 고백했잖아 삶[4]으로 돌아가야만 한다고, 이미 용서한 아이처럼 날마다 용서하고 있는 아이처럼 너무너무 살고 싶어서 들리지 않는 목소리로 애원했던, 지금은 여기 없는 아이들이, 돌림노래처럼 돌아오고 있는 저녁이야

---

4) 그러나 너의 실패가 우리의 실패가 되지는 않을 거야 너의 실패가 세상의 실패가 되지 않는 것처럼 너의 실패는 너의 실패, 너를 대신해서 온종일 울어 주고 있는 갓난아기의 수고로움이 들리니 너를 위해 오래오래 기도할 작은 손을 잡고 있니 사랑해 진실로 사랑해 너의 이런 고백도, 십칠 년을 공들여 쓴 편지 같은 변명도 해금된 시집처럼, 책장에 다시 꽂힐 수는 없으니

놀이터에 모인 아이들
— 파티 플레이 혈맹원 모집

힘에 질질 끌려가지 않을 거야
소소한 승리를 지루하다고 말하지 않는 것처럼
소소한 패배에 쫄지 않을 거야
친구를 버리지 않을 거야

끝까지 나를 던질 거야
끝까지 너를 지킬 거야
내가 가진 것들을 기꺼이 포기할 거야
가는 반지를 빼서 해변에 놓을 거야
어른스러워질 거야

네가 웃을 때까지
네가 안전한 곳으로 돌아갈 때까지
너의 출혈이 멈출 때까지
축복 같은 방어를 하고 있을게

아무도 찾지 못한 공략법을
지워지지 않는 지도 위에 저장해 놓을게

네가 잃어버린 것들을 줍줍줍, 주우며 뒤따라갈게
칼을 떨어뜨리지 않을게

언젠가는 네가 나를 부활시켜 줄 때가 올 거야
내가 크리티컬 맞을 때 내가 죽어 가고 있을 때
네가 나를 맨 처음 발견해 줄 친구였으면

아이들이 만들어 내는 파도가

오려고 해
지금도 여기로 오려고 하지
한 아이의 눈꺼풀이 떠지자마자 세상은 입술을 오므려
너 하나의 자리를 찾는 여정이라고 말해 주었네

의자가 되어 준 엄마 아빠 친구와 선생님
이제 빌려준 의자에서 일어나렴 새로운 의자를 찾으렴
모든 아이들이 도착하는 곳마다 앉을 자리 하나씩 있었으면
좋겠는데

아이야, 걸어가다가 평평한 나이테 하나를 만났으면 했어
생각도 쉬고 몸도 쉬면서 맨 처음 두 눈만 열어
왜 세상은 이토록 차갑고 아름다울까
골똘히 생각에 잠겼으면 했어 수평선은 풍경을 자르지 않지만
바다와 하늘을 가르는 것들이 무엇인지를
함께 생각하고 싶었어
나는 너의 대답을 꼭 듣고 싶었거든

너의 대답 너의 목소리 너의 눈동자와 창문에 찍히는 너의 지문

어떤 목소리들이 거기, 음소거되어 있었을까

네가 앉아 있어야 할 의자를 쓰다듬으면서

나는 사라진 너의 얼굴을 그리워하네

이름을 부르면 파도의 모퉁이에서 네가 나타날 것만 같아

반달의 두 눈으로 잠이 쏟아져 내리는 세계의 반을 감겨 줄 것만 같아

너는 그런 아이였어 어제 배운 춤을 추면서 내일 배울 춤을 그리는

너의 목소리가 두꺼운 창문에 갇혀 모음으로 자음으로 그저 입 모양으로

숨표와 쉼표 사이로 드나드는 물고기처럼 반짝

사라지는 순간들을 잊지 못해 나는 의자를 만들고 있어

아이야 나랑 밤새워 이야기하자 사라져 가는 오늘 밤처럼 모든 절망을 배웅 가자

따뜻한 물을 마시면서 너와 함께 오래 이야기하고 싶어지는 파도의 밤이야

나는 아팠을 때
누가 나를 슬픔 가득한 방으로 끌고 갔을 때
살고 싶다고 외칠 수 있었단다 목구멍 속으로 희망이 몰아닥쳤어
함께 살고 싶구나 아이야
함께 살고 싶어서 이렇게 너의 이름을 부르는 밤이야

파도 위에 의자가 있었다면
파도와 파도에 뒤집어지지 않는 의자가 있었다면
우리는 얼마나 오랫동안 우리의 미소를 서로의 눈동자에 간직
할 수 있었을까

너는 얼마나 오래 여기에 머무를 수 있었니
너는 너의 의자 위에서 어떤 생각을 그렇게 골똘하게 했었니
아이야 너와 닮은 아이들이 여기로 오려고 해
아이야 너처럼 노래하기 좋아하는 아이들이 지금도 오고 있어

바다에 의자가 다시 필요한 밤이야 곧 아침이야
세상에서 가장 단단한 포말의 목소리로 너의 이름을 부르고 싶어

거대한 인양

젖은 사체가 길게 늘어져 있다

적분

일가족을 안고 상승하는
절망의 추진력을 쳐다보고 있다, 오열하는 하늘
절체절명의 사건 사고가 강제로 벌리고 간 가족의 얼굴

우리는 실패한 케이스인가
우리의 가장자리에서
소용돌이 한가운데로 사라졌던 세월처럼
보도블록은 연결되어 있어
보도블록 끝에 가서 우리는 쌍욕을 퍼부었지만, 울었지만

발목을 접질린 것처럼 아팠다가 낫는 것
완전히 얼어붙었다가 완전히 녹았던 것
신문기사 같은 충격의 도가니 속에서 아이들의 손을 놓쳐 버렸
던 것
뿌리쳐 버렸던 것 무섭고 분노가 지겨워
그곳까지 헤엄쳐 갔다가 돌아올 힘을 남겨 두었던 것

우리는 어떻게 살아 돌아왔을까

어떻게 우리는 살아가고 있는 걸까

그 어떤 은혜도 평강도 희망도 웃음도 없는 무중력에 도달하기 위하여
폭행하고 착취하는 자의 눈을 가만히 쳐다보기만 할 때까지
목을 누르는 손
오래 쓴 망치
망치 다음은 오함마
움푹 들어간 이마 다음

지문이 없는 세계

그 어떤 은혜도 평강도 희망도 웃음도 없는 중립에 도달하기 위하여
마지막 싸움까지 버릴 때
얼굴에 황산을 뿌리고 강제로 심장을 도려내고 더는 수정이 불가능한 주검을 우리 눈앞에 툭 던지는

마음이 변하지 않는 세계

폭행을 당한 사람은 직장에서 무너져 내려서 위에 도달할 때까지 모든 내장된 것들이 다 무너져 내렸어요

입을 틀어막는 세계

우리 너무 힘든 이야기는 하지 말자 즐거운 일이 많잖아 너무 예민하게 굴지 말어 별것 아닌 것을 더 별것 아닌 걸로 치부해 버리는 게 우리의 장단 우리의 치부를 들추지 말자 은색 카펫과 모과차가 있는 거실로 나가 보렴 뜨거웠던 것들이 식어 가는 걸 가만히 바라보고 싶은 거야 우리 탁자 세계의 나뭇결대로 가자 손 델 정도로 뜨겁고 그래서 기분 나쁜 거 말고 세련된 거 영리하게 사포질한 거 정교하게 틈이 없는 거 같은 소리만 새어 나오지 않는 거 솔직한 거보다 위생적인 거 은유로만 말하는 거 교활하지만 교활하지 않은 거 새로 바꾼 목이 긴 나무색 조명과 그레이 색 질감을 따라가, 재미난 이야기가 둥글둥글 퍼지는 거실 귀퉁이에 앉아 반짝이는 것들이 반짝이는 것을 긍정하면서 반짝이는 것들이 아름답다는 사실에 매료되어 가는 것을 오래오래 느끼는 거

반으로

반의 반으로 쪼개서 더 잘게 쪼갠

희망이 희망을 인도 밖으로 내모는 버릇이 있는 세계

　사람의 역사를 지폐 몇 장으로 바꾼들 울음의 붕괴가 멈추어질까 치욕을 당한 사람들이 왜 치욕을 준 사람들을 치유해야 하는가 코너에 몰린 절망 로프에 기댄 절망 숨을 헐떡거리는 절망 다시 두들겨 맞는 절망 건물 뒤편에서 사회적으로 합의금을 종용하는 절망 절망을 끝까지 분할하면 어떤 화해가 나올까 따사롭게

귓속말이 필요한 세계

　햇빛이 헤집어 놓은 고양이 사체 옆엔 애도의 꽃다발이 없어 지나가는 게 상책이야 이제 돈만 생각해 직함을 달아 줘서 살살 달랜 다음 갈수록 활용해 먹는 것 그런 것들과 친해지는 것 오늘의 커피는 테이스터스초이스로 시작해 봐 전화길 돌려 봐 살살 조금씩 어두워지는 이 거리를 봐 돈을 뜯어 가고 뒤통수를 후려치고 씨발 좆같은 새끼들 뭐 이런 씨발것들이 다 있냐고 멱살은 못 잡고 몸부림칠 때 지랄해 봐 흰 와이셔츠 속으로 비치는 기다란

문신과 자기 얼굴을 미묘하게 매만지는 자의 표정을 잊지 못하지 한눈에 보이지 않는 길 끝 골목을 돌아 골목을 돌아 나와 봐 뭐가 있는지 무슨 칼끝이 몸을 생각지도 못한 풍경으로 펼쳐 내는지 상상을 해 봐 끝장난 오늘의 골목이 머리채를 잡고 어디로 다 끌고 올라간다 입을 벌리게 된다 벗겨진다 타들어 가는 것을 수 분간 목격한다

　　명멸하는, 멸망하는 일상다반사日常茶飯事의 풍경 속으로
　　우리는 투신하고 있는 것일까
　　투신하고 있는 사람을 바라보고 있는 것일까
　　우리가 이렇게 먼데 어떻게
　　오라는 손짓과 오지 말라는 손짓을 구분할까

　　너도 당해 봐야 안다는 말이
　　페스트를 옮기는 쥐들처럼
　　우리 입에서 튀어나왔다

카르만의 소용돌이

숲이라고 생각해서 숲이 되었던 활엽수들을 기억해 숲에 매료
되었던 나무들 나무들 위로 하늘이 패대기를 친 햇빛 위로 이미
테이션 이미테이션 바람을 흘리고 있는 그대여 노래하는 입술을
뜯어 올려 우리 얼굴뼈가 드러날 때까지 이미테이션 이미테이션
바람을 흘리고 있는 거야 행복과 쾌락을 모사해 준 그대의 손짓
만을 쳐다보고 있어 우리는 철저하게 떨어질 데를 향하여 쏘아
올려진 거야

미간을 좁혀 몇 권의 책들이 바로 서는 순간만을 간신히 믿고
있어 그대는 표정 하나 없이 우리 목을 슥 베고 지나가고 그대는
겁도 없이 새하얀 배를 갈라 어린 것들을 긁어냈어 그대의 끔찍
한 메시지가 떨어져 불타 버린 숲이 한두 개가 아니야 이미테이션
이미테이션 그대가 흘린 바람이 그대 안에 불고 있을 때

나무들은 나무들의 입술 위에 기다란 손가락을 갖다 대고
그대는 침묵했어 전 지구적으로
우리도 침묵했어

누추한 어깨를 조약돌 같은 피멍으로 문질러 펴는 파흔에 연루된 자들이 집집마다 들어가 있어 엄마 우리 죽어요 함께 죽자 아들아 시간이 우리를 죽이러 오고 있구나 마지막 문자를 보내는 사람들의 경전을 낭독하는 심정, 고통이 오는 이유는 뭘까? 어제와 다른 날씨인데도 오늘의 기분은 막 죽어 나가고 삼 년째 예측을 하던 사람이 쉽게 빗나갔어 한 남자의 머릿속으로 바람을 많이 흘려보내서 절벽을 앞두고 있는 눈도 도려내었지 나무를 망치고 싶어하는 나무들이 나무들을 만나서 하나의 숲이 되는 것을 그대는 생각했어 나무들이 지목하고 서 있는 나무들을 따라 들어가서 나무가 넘어지는 소리를 듣는 동안 그대는 한없이 부풀어 오르겠지 그대는 한 무리의 남자들을 끌고 와서 지표 위로 드러난 뿌리들을 뽑아내기 시작했어

혼자 말하고 혼자 메모하고 혼자만을 토닥거리는 문장을 암송하며 누군가 죽어 버렸고 사랑스러운 방식으로 미끄러져 나간 누군가 사라졌을 때, 암시의 늘어진 갈색 머리를 쓰다듬고 쓰다듬으며 버림받은 자의 슬픔이 어디로 가는지 알게 되는 걸까 그대는 이런 슬픔 속에서도 영광스러워지겠지 그대로 가득한 하나

뿐인 지역에서

나무들은 나무들의 두 눈 위에 커다란 손바닥을 갖다 대고
그대는 은폐했어 전 지구적으로
우리도 은폐했어

그대가 던진 점이 없는 주사위야 그대가 고민하고 고민해서 말
을 사려 깊게 선택한다면 우린 더 크게 낙망하지 않겠는가 우리
는 모래사장에 처박힌 빈병처럼 의연하구나 그대가 흘린 이미테
이션 이미테이션 바람이 입을 대었던 구멍으로 흘러 들어가서 휘
파람을 부는 저녁 우린 한꺼번에 절망하지 않아 조금씩 위로와
사랑을 만들어 내잖아 반지를 손가락에 껴 보는 자들이 지금도
넘쳐나잖아 귀금속의 거리에서는 행복해요 영혼에 전사되는 걸
봤기 때문에 오늘도 누군가 그대에게 죽겠구나 잘 됐다 축하해
잘살게 될 거야

아름답게 살고 싶어 연습하는 자의 웃음을 희석할 수 없듯이
그대가 조종한 누군가는 그대에게 버림받고 있다는 하나의 균

형만을 유지하면서 가방 속의 칼날을 연상하고 있어 칼날 위에
서 있기도 하면서, 그날그날이 그날이야 기다란 노을이 우리의
아픈 이마를 짚어 슬픔 가득한 노래를 불러 준다고 해도 그대가
인정하면 폭발하는 것 승인된 차르봄바 차르봄바 저 멀리서부터
살려 달라고 숲을 이룬 활엽수들 사이사이로, 그대가 흘린 말들
이 여전히 채록되고 있는 저녁이야 이미테이션 이미테이션 바람이
불고 있어서

　나무들은 나무들의 부끄러움을 가린 잎사귀를 서로 떼어 내고
　그대는 혐오했어 전 지구적으로
　우리도 혐오했어

록다운

손을 뿌리치고 서 있는 도시들
우리는 원조와 사랑이 끊긴 채 서로를 의심하고

우리는 촛불 꺼진 케이크
귀퉁이를 무너뜨린다

물에 젖은 폭죽을 햇볕에 말린다면
다시 웃음이 터져 나올까

비행기 한 대를 날려 보내고 구름들을 흩어 버리고
한 조각의 안녕

우리는 눅눅해진다
우리는 원조와 사랑이 끊긴 채로 혐오를 멈추지 않겠지

또 어떤 울음이 터져 나올까
물에 젖은 폭죽을 햇빛에 말린다면

해변에 안겨 있는 아이*

해변에 귀를 대고 지구의 소리를 듣고 있는 너
해변에 영영 기록될 너
내가 가 본 적 없는 해변만이 너를 끝까지 안고 있을 때
파도는 지쳐 부드러워진 양피지 같고
파도는 눈물 따라 쉬러 나가는 눈물 같고
파도는 손을 포개는 울음과 죽음 같다

판게아로부터 멈추어 본 일이 없는 손길
판게아로부터 멈추어 본 일이 없는 창백한
파도와 파랗게 멍들며 잠들어 있는 너
창백한 파란 지구만큼 파랗게 질린 너
창백한 파란 지구처럼 창백해 혼자서 움푹 꺼진 가슴을 들여다
보는 너
파편에 맞아 파편이 되어 갈 때
손아귀에서 모든 희망이 빠져나갈 때

너에게 사랑한다고 메아리처럼 너에게 사랑한다고 메아리처럼
너에게 사랑한다고 말 못했어 너에게 사랑한다고 말 못했어
너에게 가르쳐주지 못했어   너에게 가르쳐주지 못했어
너에게 배우지도 못했어   너에게 배우지도 못했어
너에게 사랑하는 법도   너에게 사랑하는 법도
너에게 감사하는 법도   너에게 감사하는 법도
너에게 감동하는 법도   너에게 감동하는 법도
끝내 알려주지 못한 채   끝내 알려주지 못한 채
미완에 그치는 사랑 고백   미완에 그치는 사랑 고백
　　　　너에게 들릴까?

뜨겁고도 차가운 어른들의 표정에 끝끝내 항의하지 않은 너
항의하지 못한 너
삶으로 가는 마지막 열차에 태워 달라고 쾅쾅쾅
문 두드리지도 않은 너

너는 너 대신에 무엇을 생의 한가운데 태워 보냈니
네가 빠져나간 자리에서 네가 누리지 못한 모든 사랑과 희망이

서서히
　조명탄처럼 떨어지는 이곳에서

　너는 누군가를 증오하고
　너는 누군가를 용서할 줄도 알게 되어
　너는 사랑에 계속
　의문을 달고 살아갈 수도 있었을 텐데

　파도가 어쩔 수 없는 결말
　벗어나고 싶다고 했잖니 아픈 슬픈 서글픈
　집합에서 빠져나가렴
　행렬에서 멀리 떠나가렴
　움켜쥔 주먹을 지상에 다 반납하렴

　삶은 달걀 하나가 빠져나간 만큼만 가볍게 주먹을 쥔 채로 우
리는 다 잠들게 될 거야
　피돌기를 멈춘 손가락은 세상에서 가장 가련한 우리 자신을 가
리킨 채 굳어질 거야

지키려 했던 작은 희망까지도
결국 쥐고 있지 못했어

부끄도 폭도 없이 멀어지는 너의 이름을 부르고 있어
자기 사랑에 미친 지구가 흘린 너는 눈물
꽝꽝 얼었다가 녹아 버린 피부처럼 가학 피학 문드러지는 파란
구체가 흘린 너는 핏물
가장 고통스러운 질문에 스스로 대답해야만 하는 작디작은
너는 촛불 그러나
너는 빗물 너는 차갑거나 뜨거운 수증기
하얀 시체들이 쌓여 있는 곳을 떠나가는 너의 꿈
모든 살색이 올 컬러로 타오르는 그곳에서
죽음의 도장 찍힌 너는 이름처럼 잊히겠지

신생아가 맨 처음 주먹 쥐는 기적처럼 분명해질 거야
자꾸 둥글게 말아 쥐게 되는 빨갛고도 푸른 고통을
절망과 분노를 포기하면 돼
우리가 가진 모든 사랑의 원리가 이 주먹으로부터 생겨났으니

멀리 멀리
  아이야 떠나가면 돼 아이야 포성과 비명에 깨지 마렴
  해변에 안겨 깊이깊이
  모자란 잠을 자고 있으렴

  모든 것이 금세 끝이 날 거야

  * 시리아 난민 행렬에 끼어 탈출을 하다가, 죽은 채로 해변에서 발견된
아이, '에이란 쿠르디'

눈이 오지 않는 겨울

눈이 잠깐 내린다
사라진 아이들의 작은 손처럼
아이들의 움켜쥔 두 주먹처럼
눈이 내린다 아프지 않게 그러나 아프게
앞 유리창을 두드리고 있는 아이들의 주먹 하늘에서 다 내려
올 때까지

안녕 아빠 안녕 엄마
나를 골목으로 끌고 들어가서 벗기고 때린
안녕 이름 모를 아저씨
구멍 난 나의 심장에 손가락을 넣고 빙빙 후벼 판
많은 사람들 안녕

눈 그친 밤하늘을 쳐다보며 아이들을 영원히 보내 줄 수 없는
엄마 아빠들을 향하여
지금도 돌을 던지는 자들은 누구인가

맞잡은 손이 사라질 때까지

가슴 쿵쿵 치던 주먹 녹을 때까지
쏟아지는 안녕을 향해 안녕, 끌어안기 위해 속력을 높일수록
안녕, 끌어안을 수 있다고 우리가 먼 데까지 달려갈수록
포옹할 수 없을 만큼 멀리
골목을 돌아가는 이름들은 어느 하늘에서 잠시 걸어왔을까

　어른들의 엄지손가락을 꼬옥 잡아 주었던 작은 손 작은 손들
은 어디까지 날아갔을까
　얼마만큼 놀다 갔을까
　얼마나 많은 추억을 만들고 갔을까

　머리를 차갑게 하고 가슴을 쓸어내려도
　겨우내 돌아오지 않는 작은 손들은

　어른들의 커다란 약속 쥐고 잠들었던 작디작은 주먹들은
　살려 주세요 살려 주세요 두꺼운 유리창을 쾅쾅 두드리던 움
켜쥔 주먹들은

아, 따뜻하고 더러운 시간의 손길

사랑해 햇빛이 쏟아져 그림자가 드리워지는 걸
사랑해 사랑해 손끝마다 결과가 생겨나게 될 거야

너를 보고 마음이 생기는 것이 슬퍼
심장이 뛰게 되고 손가락이 생겨나서 그 손가락 끝에
만지고 싶은 얼굴들이 자꾸 생겨나서
봄이 온다 꽃이 핀다 벌어진다
따뜻한 손길에 어김없이 젖는 것들을 봐

고정된 나비처럼 할 말 없는 입가
압핀을 전부 쏟아 내 웃는 표정을 사진 속에 박아 버려도
꼭짓점으로부터 시간이 흘러내린다

만져 주고 고마워 한없이
고마운 마음 밖으로 쏟아져 나가는 손길
베인 곳에서 쇠맛이 나는 이유를 우리 따위가 알 수 있겠니
표류한 배는 나아가기 위해서 제가 가진 것들을 다 버리고 있는데
당장 지혈해야 사는 자의 심장이

더 맥박 치는 이유가 뭘까
문을 찾기 위하여 더러운 벽을 손끝으로 스치며 지나는 중이야

잘나가던 사랑은 박살나고
오늘은 가수지망생이 자살한 날이기도 해
멀리까지 가 연탄을 피웠대 우울했대
참 별일 없는 햇빛
서로서로 죽은 애인만 쓰다듬고 있는 정오로구나
내 사랑이 더 슬퍼요 좀 봐요 내 죽은 애인을
엉엉 운다

낙엽 하나가
빠르게 지나가는 덤프에 힘입어
구르고 점프하고 온갖 기적을 체험하고 바닥에 납작 붙을 때까지
모든 기적은 제 안에서만 일어나고
모든 기적은 제 안에서 일어난 것들을 절대로 소문내지 못하고
그 위로 다시 덤프 지나갈 때까지

모든 사랑의 시작
— 얼굴의 완성 : 우주배경복사 위에 걸린 한 점의 그림

2016년, 나는 드디어 우주에서 송출되어 온 중력파를 검출했다.
두 개의 우주 팽이가 서로 부딪히면서 만들어 낸 음악이었다.
들을 수 있는 귀를 가진 지적인 생명체들은
자신의 귀를 타인의 귀와 마찰시켜서
또 다른 귀를 꽃피워 냈다.
나는 그것을 '꽃양배추귀'*라고 불렀었다.

빅뱅의 무수한 소리 파편 중에서 특이점을 발견한 사랑이 단세
포를 만들어 냈다지. 그 단세포는 다시 사랑한다는 말이 듣고 싶
어서 귀를 만들어 냈다지. 사랑은 오는 것이다. 사랑은 오는 것
이라지. 그러나 온종일 듣는 것으로는 결국 부족했다지. 서서히
눈에 초점이 생겨나고 할 말이 많아져서 이 지구에 입들이 돋아나
기 시작했다지. 창조론이 진화론과 싸웠다지. 나는 어느 담론에
속해야 할까. 고민했다지 한통속이 되어서도 고민이 되었다지.
귀가 있고 눈이 있고 입도 있는 존재들이 사랑을 추격하는 시들
을 쓰기 시작했고. 음악을 만들어 연주하는 동시에 그림을 그려
전시했다지. 아름다운데 아름다울수록 지구는 창백했다지. 사

랑이라는 말로 성을 착취하는 일들이 비일비재. 어마어마했다지.
사랑이라는 말로 노동력을 착취하는 첨단의 기술. 무섭게 경험
했다지 사랑한다는 말. 사랑의 반대말이 폭력이 아니었듯이……
폭력의 반대말은 사랑이 아니었고.

　사랑의 동의어는 폭력이었다지. 폭력의 동의어가 사랑이었다
고. 아무도 끌 수 없는 불타는 냄새가, 불타는 냄새가 나기 시작
했다지. 서로에게서 자꾸 악취가 나서. 코가 완성되었다지.

　＊『프로메테우스』

화이트 노이즈

폭행당한 뒤에 어떻게 용서가 옴 (♀)
폭력 이후에 사랑이 어떻게 옴 (♀)

조립이 끝난 뒤에 나는 무엇을 할 수 있을까
부품들 납들 기판 위의 침묵들

나는 자꾸 스위치를 껐다가 켜 보는 사람
나는 손가락 끝이 붉어지는 사람이다

흑연이 닳고 있는 소리만 들려오는 저녁
생각나지 않는 것들을 생각날 때까지 몰고 가는 슬픈 노래가
내 안에서 자꾸 들린다

모든 저항이 회로回路 위에 있는 것처럼
무엇을 더하거나 뺄 수 없을 때 후렴이 생겨난다
사랑이 생겨난다

손으로 만질 수도, 멈출 수도 없는 소음을 받아들인 어느 우주비
행사처럼
  없는 사랑을 탄생시킬 수 있을까
  사랑과 사랑 아닌 것을 나눈다고 가득해질까

  사랑은 오는 것이라고 믿었지만
  사랑이라는 말을 달고 산 지 오래되었지만
  오래된 밤 오래된 실패
  칭칭 감았다가 던져진 팽이처럼
  회전하는 모든 실패가 온 우주에 던져져 있다고 믿는다

  흐름을 감지하기 위한 흐름 위에 다른 흐름이 생겨나고 있는
것처럼
  나는 사랑과 폭력으로 그득한 미로를 끝없이 떠올린다

  지면을 딛고 있는 두 발
  옆에서 돌고 있는 사랑이여 발광을 그리워하는 사랑이여 덜컥
멈추어 버릴 사랑이여

사라지기 전까지는
이 세계의 모든 저항 속으로 다시 걸어 들어가야 할
사랑이여, 백색의 미로를 그리고 있는

사람

나는 오기로 한 사랑을 위해 마중을 나가 있는 사람
가 닿고 싶은 사람이다
마음을 먼저 보내 놓고 몸으로 뒤따라가는 고장 난 사람
말발굽 자국으로 가득한 저녁

ΩΩΩΩΩΩΩΩΩΩΩΩΩΩΩΩΩΩΩΩΩΩΩΩΩΩΩΩΩΩ
ΩΩΩΩΩΩΩΩΩΩΩΩΩΩΩΩΩΩΩΩΩΩΩΩΩΩΩΩΩΩ
ΩΩΩΩΩΩΩΩΩΩΩΩΩΩΩΩΩΩΩΩΩΩΩΩΩΩ
ΩΩΩΩΩΩΩΩΩΩΩΩΩΩΩΩΩΩΩΩΩΩΩΩΩΩ
ΩΩΩΩΩΩΩΩΩΩΩΩΩΩΩΩΩΩΩΩΩΩΩΩΩΩΩΩ
ΩΩΩΩΩΩΩΩΩΩΩΩΩΩΩΩΩΩΩΩΩΩΩΩΩΩ
ΩΩΩΩΩΩΩΩΩΩΩΩΩΩΩΩΩΩΩΩΩΩΩΩΩΩΩΩ

ΩΩΩΩΩΩΩΩΩΩΩΩΩΩΩΩΩΩΩΩΩΩΩΩΩΩΩΩΩΩΩΩΩ
ΩΩΩΩΩΩΩΩΩΩΩΩΩΩΩΩΩΩΩΩΩΩΩΩΩΩΩΩΩΩΩΩΩ
ΩΩΩΩΩΩΩΩΩΩΩΩΩΩΩΩΩΩΩΩΩΩΩΩΩΩΩΩΩΩΩΩΩ
ΩΩΩΩΩΩΩΩΩΩΩΩΩΩΩΩΩΩΩΩΩΩΩΩΩΩΩΩΩΩΩΩΩ
ΩΩΩΩΩΩΩΩΩΩΩΩΩΩΩΩΩΩΩΩΩΩΩΩΩΩΩΩΩΩΩΩΩ
ΩΩΩΩΩΩΩΩΩΩΩΩΩΩΩΩΩΩΩΩΩΩΩΩΩΩΩΩΩΩΩΩΩ
ΩΩΩΩΩΩΩΩΩΩΩΩΩΩΩΩΩΩΩΩΩΩΩΩΩΩΩΩΩΩΩΩΩ
ΩΩΩΩΩΩΩΩΩΩΩΩΩΩΩΩΩΩΩΩΩΩΩΩΩΩΩΩΩΩΩΩΩ
ΩΩΩΩΩΩΩΩΩΩΩΩΩΩΩΩΩΩΩΩΩΩΩΩΩΩΩΩΩΩΩΩΩ
ΩΩΩΩΩΩΩΩΩΩΩΩΩΩΩΩΩΩΩΩΩΩΩΩΩΩΩΩΩΩΩΩΩ
ΩΩΩΩΩΩΩΩΩΩΩΩΩΩΩΩΩΩΩΩΩΩΩΩΩΩΩΩΩΩΩΩΩ
ΩΩΩΩΩΩΩΩΩΩΩΩΩΩΩΩΩΩΩΩΩΩΩΩΩΩΩΩΩΩΩΩΩ
ΩΩΩΩΩΩΩΩΩΩΩΩΩΩΩΩΩΩΩΩΩΩΩΩΩΩΩΩΩΩΩΩΩ
ΩΩΩΩΩΩΩΩΩΩΩΩΩΩΩΩΩΩΩΩΩΩΩΩΩΩΩΩΩΩΩΩΩ
ΩΩΩΩΩΩΩΩΩΩΩΩΩΩΩΩΩΩΩΩΩΩΩΩΩΩΩΩΩΩΩΩΩ
ΩΩΩΩΩΩΩΩΩΩΩΩΩΩΩΩΩΩΩΩΩΩΩΩΩΩΩΩΩΩΩΩΩ
ΩΩΩΩΩΩΩΩΩΩΩΩΩΩΩΩΩΩΩΩΩΩΩΩΩΩΩΩΩΩΩΩΩ
ΩΩΩΩΩΩΩΩΩΩΩΩΩΩΩΩΩΩΩΩΩΩΩΩΩΩΩΩΩΩΩΩΩ

나는 미로와 미로의 키스

실패를 풀어놓고 있었다

출구를 상상하고 있을 때

실패를 꼭 쥐고 있었다

나는 나의 실패가 그린 그림을 헤아리면서

울음의 포화 속을 걸어 나와야 한다

시작과 끝이 다 다른 키스

시작이 끝에 다다른 키스

모든 도망과 탈출과 증발과 비로소
구원까지 사라지고

입구와 출구가 다 다른 키스

입구가 입구에 다다른 키스

나는 나의 폭력을 폭력이라고 처음 발음해 본다

나는 나의 사랑을 사랑이라고 처음 갈음한다

그는 참혹과 참혹 사이에 더 참혹한 희망을 어떻게 찔러 넣었을까

바늘이 들어가는 것 하나 똑바로 보지 못하는 심정으로 여기 까지 왔다

한 일 분 누르고 있으라고 했는데 한 오 분 누르고 있는 사람 의 마음처럼

바늘이 빠져나온 자리를 한참 바라본다

문지를수록 보잘것없는 것은 나의 생활뿐인가
문지를수록 보잘것없는 것은 나의 거짓뿐이다

분명한 혈관이 팔뚝 깊이 숨어 지나는 것은 간호사의 입장에서 도 나의 입장에서도 불편한 것을 알면서도
나의 힘으로 바꿀 수 없는 먼지의 부유 같은 것들을 떠올려 본다

나는 멈춰 서 나의 생활을 보듯 여러 문양으로 가득한 응급실 천장을 보고

푸른 혈관을 껴안고 자라난 팔뚝을 본다

살기 위하여 가만히 숨을 고르는 사람의 마음처럼
심장을 쓰다듬고 지나가는 것은 나의 속죄뿐이다
병든 개의 꼬리를 매만지고 지나가는 오늘의 바람이
나무가 숨긴 나무를 흔들고 지나간다

그림자 하나 없는 절망과 절망 사이에도 위로는 언제나 끼어
들고
응급실로 걸어와 머리를 베개 위에 두고서 별일 없다 아직도 집
에 가는 중이라고 동료들을 속이는 것은
나의 작은 부끄러움 때문이다

집에 가까스로 도착하자마자 다시 어디로 어디로 바쁘게만 가
야 하는 나의 마음 위에 두는 피곤이
위로와 위로 사이
다시 비참하게 매달려 있다

누가 용서해 주기를 바라면서 홀로 참혹한 것은 매일 빚을 지는 일인 줄 알면서도

극심한 야유와 조롱 가운데

두 팔을 벌리고 한나절 처참하게 매달려 있는 사람만 생각한다

심계항진과 호흡곤란으로 자기 자신만 꼬옥 끌어안고 있는 사람과 무엇이 다른가

내러티브 욕조
— 지금도 어디선가 계속되는 뱀들의 목소리

나는 딱 한 대밖에 안 때렸어 그 새낀 많이 맞아야 해 그걸 못
참고 찔러? 우리한테 감정이 많았대 장전된 총을 들고 나와서 두
발을 쐈어 우리 관자놀이에 (미친놈이네) 어마어마하구만 우리
가 얼마나 웃으면서 사과를 했는데 얼마나 봐줬는데 쪽팔리는걸
햇빛 좋고 마음 여유로운 날 그 새끼 흥얼흥얼 찢어 먹고 질겅질
겅 씹어 먹고 싶었는데 씨발

왜 시작했을까…… 왜 그런 말 같지도 않은 말들로 저 병신을
건드렸을까 왜 자꾸 그런 생각이 생겨났을까 바위 사이에 낀 좆
만 한 게들도 게거품을 무는구나 주먹 하나 막아 내지 못하던 새
끼한테서…… 언어를 빼앗으면, 아무것도 못할 텐데, 목소릴 빼
앗아야 했어, 제일 먼저 빼앗아야 하는 게 말이야 글이야 주둥아
리야 생각해 봐, 랩 스타의 혀를 자르면 그 새끼가 할 수 있는 게
대체 뭐겠어 시를 쓰는 새끼한테선 무엇을 빼앗아야 조용해질까

우리의 참을성을 훔쳐 가는 모든 병신 새끼를 때리는 게 뭐가
문제야 자꾸만 병신 같은데 병신으로 탈바꿈하는데 때리고 싶게
생겼는데 참을 만큼 참았는데 저 밖에서 여전히 정수리를 가르며

활보를 하고 있는 병신들 놀려 먹는데도 놀려 먹고 싶어서 돼지
는 줄 알았어 수치와 공포를 오줌처럼 흘리고 있는 그 새끼를,
우리는 좀 걱정하잖아 우리는 눈물도 찔끔 하는데 우릴 찔렀어

　관심 병사들이 그루브로 쪼다 짓을 하고 있는 저 눈발 속의 풍
경을 봐 다들 냄새나고 역겨워서 무색무취의 고발이 좋은가 보
다 인간이 인간을 동물이 동물을 식물이 식물을 어떻게 배반하니
기계도 안 그러겠다 딱 일 년만 조심하자 너도 조금씩 무섭잖아
아니 더럽잖아 아직도 사그라지기만 하고 꺼지지는 않는 그 성냥
기억하지? 조심해, 연약한 것들을 보면 꿈틀꿈틀하지만 딱, 제대
할 때까지만, 조심하자 그런데 혹시나, 혹시라도 때릴 일이 있으
면 머리를 때려, 내가 머리만 졸라게 때리는 이유가 뭔 줄 알아?
두개골이 함몰만 되지 않는다면 큭, 혹이 나도 티가 안 나

시는 시를 짓밟지 않는다

시를 사랑하지 않는 사람에게서
시는 죽었다는 말을 들었다
신은 죽었다는 말처럼 들려왔다

시가 바라던 꿈은 무엇일까
힘센 것들을 우르르 따라갈 때
시는 힘센 것들을 따르지 않는다
연약한 것들을 더 연약하게 할 때
시는 죽어 가는 것들을 버리지 않는다

더러운 상을 바라지 않는다
무수한 권력의 허망한 이름들을 향하여 박수칠 때
시가 맨 처음 바라던 꿈은 무엇일까

지금, 여기서 사라져 가는 시의 영향력
여기서 끈질기게 살아남는 시라는 이름의 영향력

영향력 있는 것들을 좇지 않는다

시 아닌 것들이 영향력에 굴복할 때
시는 스스로 한번도 보지 못한 영향력을 만들어 낸다
목소리 같은 반지를 약지에 끼우고
홀로인 시는 걸어간다

시 아닌 것들에 무릎을 꿇지 않는다
그리하여 시는 아직 오지 않은 시를 위하여
그러나 오고 있는 시를 향하여 노래한다

과거의 시는 현재의 시를 짓밟지 않는다
현재의 시는 과거의 시에게 굴복하지 않는다
시는 뭉쳐 미래를 모의하지 않는다

홀로 온 시가 혼자 가듯이
시를 쓰고 있는 사람에게서 아무도, 아무것도
시가 맨 처음 꾸었던 꿈을 빼앗아 갈 수는 없다

은행나무 슈퍼

나무가 여러 번 잎을 떨어뜨렸다
나뭇가지 사이로 가게 문을 낸 남자는
하루 종일 노란 잎들을 쓸어 모았다
그는 하늘을 종종 뚫어지게 쳐다보았다
무언가 애써 집어 들기도 했다

골목길 가로등 같은 그의 슈퍼에는
밤마다 노란 나방 떼들이 찾아왔다
한 여자가 그의 옆에 붙어 있으면
조용히 아침이 왔다

그는 손톱을 깎는 사람 같았다
나무가 다시 잎을 떨어뜨렸다
그가 나무를 건드리자 은행잎들이
떨어진다는 느낌이었다 마술에 걸린 것처럼
그는 점점 사람들 앞에서 투명해지고 있다는 소문이 돌기도 했다

끝임없이 그의 빗자루 끝에서 아침이 생겨나고 있었다

그가 자주 꺼내 보다가 흩뿌려진 사진들 속에서 햇빛이 꿈틀
거렸다
그는 기울어진 이마에 손차양을 하고
삼삼오오 빠져나가는 학생들을 바라보았다
골목을 빠져나가는 햇살을 바라보다가
어딘가로 전화를 넣기도 했다

슈퍼 앞에는 커다란 평상이 놓여 있었다
그 노란 장판을 댄 평상 안으로 낙엽은 떨어지고 있었다
그는 펜 뚜껑을 입에 물고 평상 위에 구부리고 앉아
작디작은 수첩 속에 더 작디작은 크기로
낙엽들과 나방들이 만든 글씨처럼 무언가를 쓰고 있었다
이전에는 없었던 이야기 같았다 슈퍼는 사라질 것 같았지만
그는 그렇게 그곳에서 영원히 무언가를 쓰고 있을 것만 같았다

8

나는 그날도 울고 있었지

적색편이처럼

시가 낸 창문으로만 밤을 건넜지

새로운 그들과의 대면

이후였지

시가 낸 창문으로만 밤을 건너간다

　밤의 이면이 보이는 것을 모른 척하면서
　다른 밤이 다른 어둠을 끌고 저희들끼리 사는 모습을 방금 세
번 모른 척한다
　같은 테이블에서 손금이 손금을 넘나드는 풍경 또한 다른 우
주일 것이다
　어떤 창문 밖에서는 비명이 들리고
　북두칠성은 한 사람의 머리 위로 펄펄 끓는
　희망을 부어 버린다

　나는 증오를 갖게 한 사람도
　희망으로 펄펄 끓어 뼈밖에 안 남은 사람도
　친구로 두고 있다는 사실 속에서
　내가 살아가야 할 내가 낸 창문 속으로
　또 한번 진실하게 쓰러져야 한다

　밤을 더 짙게 잇는 머리카락들 머리카락에 걸린 약지들을 툭툭
끊어 버리고
　나는 나아가려고 맨발로 뛰어 들어온 모든 것들을 사랑하면서

사람이 아닌 동식물의 형상을 하고 있는 이 행성을 휘둘러보는 것이다

고양이가 맨발로 다가오는 밤
너는 왜 피가 나니
너는 왜 아직도 울 힘이 남아 있니

테이블에서 테이블로 뛰어넘을 때 뒤에 있던 테이블은
위에 올려놓은 유리잔들을 죄다 쓸어 바닥에 쏟아 버리고
쏟아 버렸으니 이제 뭐라고 불러야 하는 새로운 우주가
충돌 직전과는 전혀 다른 모양새로
돌고 있는 과거를 용납한다

다 떠나간 자리에서 테이블을 다시 깨끗하게 치우는 손들은
우리가 흔히 사랑이라고 부르는 힘인가
암흑 같은 에너지인가
내가 떠나온 행성 속에서는 아직 사람이라고 불리는 존재들이
저희들의 삶을 사랑하고

나의 친구들 나의 스승들 나의 사람들의 노고 위에
그 토양 위에
나무 한 그루 우뚝 서 있는 밤의 놀이터 안에
나는 홀로 빠져나와 있는 새하얀 하나의 뼈

검은 도화지 위에서는 희게 그은 선이 필요하듯
백지 위에서는 검은 밑줄이 필요한 세상

모든 나무는 생각나게 하는 절망과
생각나게 하는 증오와
생각나게 하는 그날의 모든 이파리를 건너
거기에 맞는 밑줄을 긋고 간 유성이다
유성의 고향이다

정교하게 반복할 수 있는 사랑이
한 우주를 가로지른다 나는 무엇인가
맨발이 되어 고양이 등에 올라탄 터럭이 되어
어디까지 울 수 있을까

정신이 분열되어 떠나간 사랑이 분명히 있다는 밤
  분열된 조각을 맞추다가 마주치다가 고개를 떨군 한 사람이
우는 밤
  흔들리는 말 위에 앉아 홀로 나무를 쳐다본다
  아무리 어두워도 자신이 나무라는 걸 한번도 숨겨 본 적이 없
는 나무 앞에 나는 발가벗겨져 있다
  왼쪽으로 왼쪽으로 내가 기울어지고 있다
  차오르고 있다

  무수한 잎사귀들을 꿰고 둥치에 박힌 화살은 누가 쏜 시간일까
  화살을 쏜 사람은 수풀 속에서도 소리 내지 않고
  오랫동안 반질반질 빛이 나는 이면들을 닦아 내고 있다
  아주 오랫동안 현재가 되는 화살
  모든 잎사귀의 귓바퀴를 하나도 찢지 않고 날아와 박힌 한마
디의 말
  내 사람의 유언이
  내가 낸 창문으로만 나아가는 밤이다

고백이든 용서든 변명이든
말을 담고 있는 입술은 활시위일까
나는 어떤 고백을 해야 하며
나는 어떤 용서를 빌어야 하는가
그러나 나는 그 어떤 변명 가운데
다시 어떤 재회를 준비해야 하는가

나는 진실로 그 반성을 내 심장 곁에 둘 준비가 되어 있나
그리하여 나는 한 가지를 오래 들여다본다
내 사람들의 박수를 지나서
내가 보여 줄 마지막의 떨림 마지막의 밑줄 마지막의 입술이
전할
그 한마디는 여기로 오고 있다 지금도

오지 않은 시가 있다
모든 것들을 화해하게 하려고
모든 것들을 다시 증오하게 하려고

잿더미가 된 뒤에 사랑이
사랑이 가장 무수한 숲을 거느리고 있다는 걸 알게 하려고
내 귀에 속삭이려고

활시위를 놓지 않고 떨리는 밑줄이 있다
활시위를 놓지 않고 울리는 사람이 있다

죽어 가는 것들을 버리지 않는 저항의 마음

이병철(시인·문학평론가)

죽어 가는 것들을 버리지 않는 저항의 마음

공포와 대상은 하나가 다른 하나를 억압할 때까지 함께 전진할 것이다.
— 줄리아 크리스테바

이것은 문제작이다. 사람을 불편하게 만들기 때문이다. 20년 전쯤 "시 따위나 쓰는 병신 새끼"(「즐거운 박 병장」)는 그런 말을 많이 들었을 것이다. "너는 왜 사람을 불편하게 만드냐"고. 20년이 지났지만 그는 여전히 불편하게 한다. 읽는 사람이 불편하면 쓰는 사람은 고통스럽다. 아니, 통쾌할지도 모르지. 이 시들은 씻김굿이니까. "그날의 기억으로부터 제대가 안 되는"(「그가 먼저 열고 갔으니 나는 문밖으로」) "개새끼 씨발새끼 개좆같은 새끼"(「폭력의 여유」)를 씻어 주는 칼춤이니까. 그런데 씻기지가 않는다. 그가 씻지 않기 때문이다.

"개좆같은 새끼"는 칼로 제 배를 갈라 피에 젖은 내장을, 펄떡거리는 심장을 꺼내 보여 준다. 마치 "아직도 상처 받을 수 있는 쓸모 있는 몸"(신기섭, 「나무도마」)임을 증명하듯이. 피가 낭자한 상처 앞에서 우리는 폭력의 민낯을 본다. 폭력의 형태가, 폭력의 방식이, 폭력의 표정이 이토록 다양함에 새삼 놀란다. 처음 마주한 세계인 양, 잘 모르는 남의 이야기인 양 미간을 찌푸리다가 이것이 우리 모두에게 드리워진 '불편한 진실'임을 자각하는 순간 연민, 동정, 분노, 죄책감, 정의감, 공범의식 따위로 복잡해진다.

귀에 묻은 빨강은

배꼽에 칼집을 낸 이층집 누나를 그리는 데 꺼내 쓰고

가랑이에 묻은 주황은

바지를 내리게 하고 성기를 만지작거린 옆집 형을 그리는 데 꺼내 쓰고

가슴에 묻은 노랑은

마음이 죽은 아이들과 복도에 처연히 서 있는 데 꺼내 쓴다

(……)

울음 없는 자들이 고문과 감금을 용서하라고 한다

울음을 모르는 자들이 화해하라고 한다

화해라는 말은 역겨워

— 「Vantablack」 부분

　다시, 이 시집은 문제작이다. 어째서 문제작이냐면 '우리는 모두 피해자이면서 공범자'라든가 '그들은 가해자인 동시에 힘의 질서에 의해 폭력을 학습한 구조의 피해자'라는 식의 섣부른 화해, 손쉬운 데우스 엑스 마키나(Deus ex machina)를 비웃기 때문이다. 현상에 의미를 입히기 좋아하는 지식인들이 가해와 피해를 뭉뚱그려 '폭력'이라는 하나의 자장 안에 밀어 넣을 때, 김승일은 가해와 피해를 함부로 희석시키는, 터무니없게 후려치는 그 개소리들을 향해 갈가리 찢긴 제 상처를 내보인다. 상처 자국이 있는 한 피해자는 영원히 피해자이고, 가해자는 오직 가해자일 뿐이다.

　김승일의 시는 의미가 아닌 감각의 시다. 통각이 먼저 오고, 의미는 나중에 온다. 사람 손만 올라가도 깨갱거리며 몸을 뒤트는 학대당한 개의 시다. 피멍과 소름과 통증과 홍조와 빈맥과 울음과 치욕스러운 발기의 시다. 김승일의 시에서는 두려움이 입술을 열고, 상처가 노래한다. 수치심과 무력감이 말한다. "이해한다고? 공감한다고? 집어치워, 당신들은 아무것도 몰라." 분노와 적개심이 외친다. "당신들도 다 똑같아." 더 망가질 것도 잃을 것도 없는 이의 악다구니가 김승일 시의 화자다.

화가의 언어가 색채라면, 시인의 색채는 언어다. "귀에 묻은 빨강"과 "가랑이에 묻은 주황"과 "가슴에 묻은 노랑"은 모두 시인이 체감한 폭력이 색채 이미지로 정신에 각인된 PTSD(외상후스트레스장애)라 할 수 있다. 얼굴을 맞으면 번갯불이 번쩍거리고, 눈을 얻어맞으면 망막에 검은 바다가 고이고, 코를 맞으면 땅바닥으로 떨어지는 코피가 붉은 폭죽을 터뜨린다. 김승일은 그가 겪은 모든 폭력의 색채를 언어로 바꿔 내고 있다. 얼마나 고통스러운 작업인지, 감히 안다고 말을 보탤 수 없다. 사람들은 끔찍하게 찢어진 상처를 차마 못 보고 눈을 감지만, 귀를 찌르는 비명소리에 귀를 막지만, 나를 포함해 이 시집의 독자들은 똑바로 봐야 한다. 귀를 가까이 대야 한다. 단지 그것만으로도 연대가 가능한, 한없이 작고 부드럽고 깨지기 쉬운 세계가 있기 때문이다.

1. 폭력을 행사하는 건 남자

발가벗고 서 있었다 불 꺼진 부식창고 안에서 모든 울음을 새어나오게 하는 기술이 발명되었다 통증과 수치를 삽처럼 쥐고 희망을 토막 내 죽였다 우리 사이에 수십 가지의 비밀이 만들어졌다 끈끈이에 들러붙은 쥐, 승일아 손으로 뜯어내 봐 고통이 흘러나왔고 맨손으로 만졌다 더러운 새끼, 밸도 없는 새끼 엎드려 이 씨발새끼야 (담배에 불붙이는 소리) (담배가 타들어 가는 소리) 시랑 콩이나 깠었다며? 대답하라고 이 개새끼야 생산과 착취와 재분배의 이름으로 잔인한, 그의 이름이 새겨진 화이바로 내 머리를 내리쳤다 허락도 없이 옷 속으로 손이 들어와서 폭력을 행사하는 건 남자였다 어떤 식으로든 계급이 높은, 남자였다 내 관물함을 뒤져 읽었던 그가 다시 물었다 시랑 콩이나 까고 있었다며? 옹? 나는 점점 주체가 되어 간다고 생각했다 나는 점점 모욕이 가능하도록 벌거벗은 주체가 되어간다고 생각했다 쓰는 나는 명령하는 잠이 쏟아지고 쓰는 나는 시키는 대로 엎드리고 쓰는 나는 귓속으로 아무 소리나 들어오는 평생을 안고 죽을 자리를 파고 있었다 귀가 마음대로 쑤셔 박히는 날이 많았다 욕설처럼 오고 가는 극적인, 온몸으로 저항하는 온몸의 거부반응 팔다리에 붉은 반점이 돋아나서 내게서 떠나지 않는 가혹한 꽃들이 영원처럼 빠른 기차를 타고서도 영원처럼 이어지는 철로, 아무것도 할 수 없는 순간이 있었다 고개를 틀고 통증이 어디서 비롯되는지를 놀라 돌아보는 일과 속에서 미친 꽃들이 검은색으로 지나갔다 나는 미치지 않기 위해 웃었다 나는 죽지 않기 위해 울었다 죽고 싶지 않아요 죽고 싶지 않아요 새겨진, 나는 죽지 않기 위해 다시 울음을 멈추었다 살고 싶지 않은 모든 순간이 나의 얼굴 윤곽에서 거미 새끼들처럼 쏟아져 나오는 것을 말없이 보았다 내가 결정적인 순간에 왜 담배 피우는지 알아? 너 같은 새끼를 진짜 죽일까 봐

무수한 주먹을 다 받아들이면 그게 마침표였다 오늘의 문장이 완성되었다

— 「김 병장의 제안」 부분

이 시집을 최근 화제가 된 넷플릭스 드라마 〈D.P.〉와 연계해서 읽는 건 시의성 면에서 적절하다. 드라마는 군대 내 가혹행위와 성폭력, 온갖 부조리함을 생생하게 묘사하면서 군대를 경험한 남성 시청자들의 트라우마를 건드렸다. 드라마에서 조석봉 일병은 폭력의 피해자다. 입대 전 순박한 미술학원 선생님이었던 그는 선임들의 가혹행위에 시달리면서 점차 폭력을 학습한다. 폭력에서 벗어나는 방법은 역설적이게도 폭력 안으로 들어가는 것이다. 부당한 힘에 동조하는 것, 그것이 양심과 정의에 반하는 일이라도 구조에 편입하는 것만이 폭력의 피해자가 스스로를 구원하는 길이다.

조석봉은 후임 병사들을 집합시켜 얼차려를 준다. 그러자 이등병 중 고참인 안준호 이병이 만류하고 나선다. 폭력의 대물림을 끊자는 안 이병의 말에 조석봉이 답한다. "네가 뭘 얼마나 맞았다고. 디피라서 부대에 있지도 않았으면서"라고. 조석봉의 이 대사는 군대의 위계질서, 나아가 폭력의 메커니즘이 어떻게 구동되는지를 잘 드러내 준다. 군대에서 남성들은 함께 구타당하면서 공동체의 유대감을 획득한다. "맞아야 정신차린다"는 말을 당당하게 할 수 있으려면, 후임들에게 권위 있는 선임이 되려면 먼저 충분히 맞아야 한다. 군대 내 구타와 가혹행위는 일종의 통과의례 성격을 띤다. '마음의 편지'를 쓰거나 탈영을 해서 학대를 회피하는 것은 낙오자가 되는 일이

다. 맞아야 때릴 수 있다. 폭력을 계속 유지시키는 메커니즘이란 결국 '폭력을 특별하게 하기'다.

폭력 없는 온실에서 자라난 남성과 적당한(?) 폭력을 겪으며 자라난 남성을 바라보는 남성 지배질서 사회의 시선은 그 온도차가 극명하다. 얼마 전 국방부의 홍보 영상이 논란을 일으켰다. 문제가 된 건 "군대라도 다녀와야 어디 가서 당당하게 남자라고 이야기하지."라는 대사. 군대에 다녀오지 않으면, 혹은 군대를 갔다 하더라도 '제대로' 군 생활을 해내지 못하면 남자가 될 수 없다는 게 국방부의 논리다. 이것은 우리 사회의 보편 통념이기도 하다. 한국 남자들은 어릴 적부터 '용인된 폭력'을 배운다. 합법적 폭력이라는 말은 모순이지만, 관습 안에서 폭력은 얼마든지 합법적이고 순수할 수 있다. 동생이 두들겨 맞고 오면 보복해 줘야 한다. 어떤 상황에서도 여자친구를 지켜야 한다. 이때 폭력은 정당화된다. 보복하지 못하면, 지키지 못하면 "씨발 듣보잡 새끼"(「대학원, 김뱀이 먼저 와 있었다」)가 되는 게 페니스 파시즘의 세계다.

오늘도 군인들은 "아름다운 이 강산을 지키는 우리. 사나이 기백으로 오늘을 산다. 포탄의 불바다를 무릅쓰고서 고향땅 부모 형제 평화를 위해. 전우여 내 나라는 내가 지킨다. 멸공의 횃불 아래 목숨을 건다"(군가 〈멸공의 횃불〉)고, "겨레의 늠름한 아들로 태어나 조국을 지키는 보람찬 길에서 우리는 젊음을 함께 사르며 깨끗이 피고 질 무궁화꽃이다"(군가 〈전우〉)

라고 노래한다. '사나이 기백'과 '늠름함'은 '아들'의 필수조건이며, 지키고, 목숨을 걸고, 젊음을 사르는 것이 곧 보람찬 길이다. 군대는 '보복할 수 있는 남성', '지킬 수 있는 사나이'를 양성하는 곳이다. '적'을 응징하고 도륙하는 합법적 폭력을 체화한 '전사'를 길러 내기 위해 교육적 폭력, 순수한 폭력이 적극 권장된다. 김현은 『르네 지라르 혹은 폭력의 구조』에서 "순수하고 합법적인 폭력과 불순하고 비합법적인 폭력 사이에는 차이가 있으며 합법적 폭력의 초월성은 나쁜 폭력의 내재성을 이겨 낼 수 있다고 믿어야 한 사회는 유지될 수 있다."고 말했다. 군대는 불순하고 비합법적인 폭력을 순수하고 합법적인 폭력으로 만들면서 초월성을 부여하는 집단이다.

이 초월적 폭력의 피해자로 남지 않으려면 방관자, 가해자, 투사 중에서 선택해야 하는데, 방관자는 피해자이자 가해자이기에 이중으로 괴롭고, 투사는 아무나 할 수 있는 게 아니다. 특히 군대라는 폐쇄적 조직에서는 더욱 힘들다. 가장 쉬운 게 가해자 되기다. 방관자도 결국은 가해자 쪽으로 기울어진다. 조석봉은 가해자가 되는 쪽을 택했으나 가해의 질서에 적응하지 못한 채 투사로 전환한다. 부대를 탈영해 전역한 선임을 찾아가 복수하지만, 투쟁의 결말은 비참한 총기자살로 맺어진다. 폭력의 대물림에서 이탈하고, 폭력의 구조를 깨뜨리기 위해 몸부림치며 저항했지만, 결국 스스로를 가장 끔찍한 폭력의 과녁으로 만들며 죽을 수밖에 없었던 것이다.

예기치 못한 반작용에 구조는 잠깐 흔들리겠지만, 아무 일도 없었다는 듯 이전보다 더 견고해질 것이다. 그것이 "아버지의 아버지의 아버지가 희번덕거리는 역사"(「살래와 샬레-영외자 숙소, 손자와 아들과 아버지 그리고 작은 방」)이므로. 이 역사 안에서는 결국 가해자와 가해자가 되어 가는 피해자만 남게 된다. 가해자로의 변태를 거부하고 피해자로 머물거나 감히 투사가 되기를 선택한다면, 남성 지배질서는 그를 희생양으로 삼아 먹어치우거나 뱉어 낸다. 구조에 저항하거나 편입하는 대신 피해자로, "시 따위나 쓰는 병신 새끼"(「즐거운 박 병장」)로 남은 김승일 시의 주체는 "모욕이 가능하도록 벌거벗은 주체", "밟아 죽여도 되는 벌레(「일등병, 셰에라자드」)"로 신나게 희생된다.

속죄양은 공동체를 통합시킨다. "상호적 폭력에서 일인에 대한 만인의 폭력으로의 이행이 바로 모든 문화의 기원"이라는 김현의 말을 상기하면, 한 사람에 대한 다수의 폭력이 "연대하여 자꾸자꾸 더 큰 개새끼의 무리를 차출"(「울음의 역사」)하는 군대는 폭력 그 자체이자 우리 사회에 내재된 모든 형태의 폭력을 함의하는 은유이기도 하다. 상급자들의 성폭력과 피해 사실을 은폐하는 내부의 거대한 부조리함을 견디지 못하고 스스로 목숨을 끊은 이예람 중사를 비롯해 군대에서 남성에게 짓이겨진 여성들의 사례를 추가하자면, 군대라는 집단의 특수성은 한국사회를 지배하는 남성 중심의 젠더 권력으로 확장된다. 이 남성 중심 젠더 권력, 즉 페니스 파시즘이 속죄양의 배를 갈라 피를 받는 섬뜩한 제의를 우리는 자주 목격한다. 고(故) 변희수 하사에게 쏟아진 댓글의 십자포화, 일인에 대한 그 만인의 폭력은 참으로 잔혹하지 않았나.

2. 긴 뱀이 뱀을 물고

주민증을 받은 학생들이 차례로 병(兵)이 된다 병(病)이 된다 독(毒)이 된다 꼬리에 꼬리를 문 뱀은 참으로 길구나 자살자들이 가로수처럼 박혀 있어 내가 거쳐 온 학교, 복도에서 외친다 지금 공부보다 중요한 것들이 있어요 교과서보다도 더 오래, 새까만 가슴을 들여다보고 있는 학생들이 있어요 그 학생들이 들들들 작동을 멈추면 어디로 갈까요? 쉬는 시간에 교실을 다녀 보세요 괴롭힘을 당하는 학생들이 자꾸 생겨나요 돈을 빼앗기는 학생들이 해마다 늘어나요 내 눈에는 보이는데…… 바쁘다는 선생, 바쁜 일이 있어서 그만, 동료 선생과 함께, 계단을 내려가면서 내 이야기를 비웃는다 나를 보고 힐끔, 웃는다 어디서 많이 본 웃음 참으로 길다 뱀은 토막을 내도 플러스 마이너스 플러스 마이너스 물고, 강제로 주입되는 전류, 학생들의 독기에 불이 켜진다 군사교육과 입시교육은 다른 뱀이다 어디에서 갈라져 나왔나 김뱀은 지금 어떤 뱀의 아가리에 물려 있나 나를 때린 친구는 어떤 꼬리에 박혀 있을까 교실에서 외친다 특강시간에, 한 학생이 손들고 나에게 질문한다 그런데 교육을 사정없이, 아니 사족 없이 받아 온 선생님도 혹시 뱀이 아닌가요?

— 「김뱀이 김뱀을 물고, 긴 뱀이 긴 뱀을 물고—우린 언젠가 다시 만나」 부분

시인은 폭력의 기억을 "자살자들이 가로수처럼 박혀 있어 내가 거쳐 온 학교"로 옮겨 온다. 그는 한 매체 기고문에 이렇게 썼다. "나는 학교폭력을 넘어 군대폭력의 피해자이기도 했다. 내 인생에 왜 그렇게 많은 폭력이 끼어들었을까. 내 인생에는 예상치도 못한 폭력들이 허락도 없이 벌컥 들어왔다. 나는 그래서 폭력적인 것에 예민한 반응을 보일 수밖에 없는 사람이 되었다"[1]고. 어떤 이는 그에게 이렇게 말할지도 모르겠다. "네가 예민하기 때문에 폭력을 잘 감지하는 거"라고, "그 정도는 폭력이 아닌데 네가 폭력으로 받아들이니까 폭력이 된다"고, "네가 약하니까 폭력 아닌 것도 폭력"이라고.

과연 약하고 예민한 그의 세계에서만 폭력이 생육하고 번성하는 것일까? 위 시의 화자가 "내 눈에는 보이는데……"라고 말할 때 그는 뭐에 쒼 사람처럼 실체가 없는 허깨비로서의 폭력을 보는 것일까? 그렇지 않다. 폭력은 어디에나 존재한다. 공기처럼, 빛처럼 모든 시간 속에, 모든 공간 안에 항존한다. 그런데 우리가 보지 못할 뿐이다. 폭력을 폭력이라 인식하지 못하도록 가르치고 배워 왔기 때문이다. 학교는 때때로 폭력의 고등

---

1) 김승일, 「'학폭' 피해자인 시인이 교문 앞에서 시를 낭독했습니다」, 오마이뉴스, 2020년 9월 22일

교육기관이다. 밀양 여중생 집단 성폭행 사건, 고 홍성인 군 폭행 살인사건 등은 모두 학교 안에서 이뤄졌고, 학교는 피해자의 절규가 담장을 넘지 못하도록 덮고, 찍어 누르고, 묻었다.

폭력이 순환한다. 폭력은 제 꼬리를 삼켜 무한의 원을 이루는 뱀 우로보로스처럼 처음도 끝도 없이 이어진다. 군대 밖에도 군대가 있다. 제대했지만 여전히 군대다. "그날의 기억으로부터 제대가 안 되는"(「그가 먼저 열고 갔으니 나는 문밖으로」) 트라우마의 문제가 아니다. 군대 밖에는 학교라는 이름의 군대, 사회라는 이름의 군대, 국가라는 이름의 군대가 있다. 그곳들은 모두 "긴뱀이 긴뱀을 물고, 긴 뱀이 긴 뱀을 무"는 순환의 세계다. '뱀'은 '병장님'을 빠르게 발음하는 군대 은어다. "군사교육과 입시교육은 다른 뱀"이지만 결국 한 마리 뱀이다. 이 뱀은 쌍두사다. 문단에도 뱀 대가리가 있고, 대학원에도 뱀 대가리가 있다. 교회에도, 아파트단지에도, 심지어 어린이집에도 뱀 대가리가 새빨간 혀를 날름거린다. 메두사의 머리카락 같은, 개별이자 총체인 이 수천, 수만의 뱀들은 어디서 기어 오는 걸까? 지긋지긋한 뱀들의 돌림노래, 끝이 없는 이 돌림 폭력은 왜 되풀이되는 걸까?

"공포가 신을 만들어 낸다"(「우리, 미안하다고, 하자」)는 아포리즘에 주목할 필요가 있다. 이 문장에는 비의가 있다. 그래서 다시, 이렇게 읽는다. "(비정상에 대한) 공포가 (정상성이라는) 신을 만들어 낸다"라고. 레비 스트로스는 역사 이래 인류의 가장 큰 고민이 타자성을 어떻게 처리할 것인가의 문제였다고 지적한 바 있다. 폭력은 결국 정상성 개념에 의해 발생한다. 동일성의 원리로 만들어진 정상성은 타자의 본질적인 이질성을 '비정상성'으로 규정해 배척한다. 먹어치워 동화시키거나 뱉어 내 추방한다. 학교든 군대든 한 집단의 구조화된 정상성 개념이 동일성의 질서를 이탈하는 소수자들을 억압할 때 학살이 발생한다. 다수가 소수를 구타하는 것을 정의롭고 성스러운 싸움으로 여기면서 만장일치로 한 사람을 단죄한다. 시인은 "시 따위나 쓰는" 게 비정상이라서 맞은 것이다. "남자 새끼가 젖가슴이 있"(「폭력의 여유」)는 게 정상성을 위반하는 비정상이라서 맞은 것이다.

정상성 개념이 신화가 될 때 폭력이라는 괴물은 거대한 공장을 세운다. 각각의 설비는 획일화, 구조화, 동일화, 전체주의, 아브젝시옹 등으로 세분화된다. 폭력의 컨베이어벨트가 끊임없이 순환할 수 있는 것은 정상성이라는 왜곡된 신화를 지키기 위해 침묵, 방관, 은폐, 왜곡이 유기체적으로 톱니바퀴를 이루기 때문이다. 한 사람을 희생시켜 기어이 체제의 톱니바퀴에 갈아 넣는 것. 그것이 나머지 다수를 덜 피곤하게 하는 효율이다. 효율의 다른 말은 "좋은 게 좋은 거"다. 그 좋은 게 좋은 거를 위해서, 군대가 군대일 수 있게, 학교가 학교일 수 있게, 대학원이 대학원으로 계속 가동될 수 있게 비명소리, 신음소리, 절규, 호소 따위는 절대 끼어들면 안 된다. 그래야 톱니바퀴가 계속 돌아가므로.

 폭력 공장의 관리자에게는 설비의 작동을 멈출 수 있는 힘이 있지만, 그들은 하지 않는다. "괴롭힘을 당하는 학생들이 자꾸 생겨나"고 "돈을 빼앗기는 학생들이 해마다 늘어나"도 관리자인 교사들의 관심은 오직 입시라는 생산성에만 있을 뿐이다. "바쁘다는 선생", "바쁜 일이 있어서 그만" 외면하는 선생, "동료 선생과 함께" 방관하는 선생, "내 이야기를 비웃는" 선생은 모두 폭력의 마름이다. 이건 점잖은 말이다. 그들은 폭력의 하수인, 폭력의 개다. 아니 그냥 개새끼들이다. 그렇다면 그 개들에게 길들여져 전체주의에 순응한 나는? 당신은? 우리는? 시인은 묻는다. "너도 방관했잖아 씹새끼야 (……) 너는 아닌 것 같니?"(「내러티브 욕조-사로(射路)에서」)라고. "아버지…… 씹새끼 너는, 입이 열 개라도 말 못해"(이성복, 「그해 가을」)라던 이성복의 절규에서 "아버지 씹새끼"는 직접 주먹을 휘두른 폭군이지만, 우리는 방관과 침묵이라는 칼로 죽어 가는 이를 확인 사살한 비무장의 무장 군인이다. 공범자이고 똑같은 씹새끼들이다.

 학교라는 이름의 군대, 군대라는 이름의 학교, 대학원이라는 군대, 뱀, 뱀, 뱀들…… 기성 체제의 충실한 시민으로 순응의 논리를 내세우는 이들이 절대다수인 사회에서 폭력의 순환구조는 계속 유지될 것이다. 제도권에서 행해지는 모든 형태의 '교육'은 결국 획일화된 집단적 정상성 안에 개인을 순치시키는

과정이다. 거기서 소수자를 지지하고 그들과 연대하려는 노력
은 속된 말로 "인생 조지는" 지름길이다. 그게 두려워 다들 방
관하는 동안 아무것도 바뀌지 않는다. 조석봉 일병은 말한다.
"저희 부대에 수통 있지 않습니까. 거기 뭐라고 쓰여 있는지 아
십니까? 1953년. 6·25때 쓰던 수통도 안 바뀌는데 무슨."

3. 널 혼자 두지 않을게

실패를 풀어놓고 있었다

출구를 상상하고 있을 때

실패를 꼭 쥐고 있었다

나는 나의 실패가 그린 그림을 헤아리면서

울음의 포화 속을 걸어 나와야 한다

시작과 끝이 다 다른 키스

시작이 끝에 다다른 키스

모든 도망과 탈출과 증발과 비로소
구원까지 사라지고

입구와 출구가 다 다른 키스

입구가 입구에 다다른 키스

나는 나의 폭력을 폭력이라고 처음 발음해 본다

나는 나의 사랑을 사랑이라고 처음 갈음한다
— 「나는 미로와 미로의 키스」 전문

　시인은 "그날의 기억으로부터 제대가 안 되는 생존 병사"
다. 그날의 기억으로부터 제대하지 못했지만, 중요한 건 그가
'생존 병사'라는 사실이다. 그가 제 발로 트라우마를 향해 재
입대하는 것은 두려워하고, 아파하고, 외로워하고, 주저하고,
망설이는 그때의 '나'를 혼자 두지 않게 하려 함이다. 그날의
기억을 직면하고, 집단 폭력의 희생양인 그 시절 자신의 눈망
울을 들여다보면서, 아직도 떨고 있는 '나'와 연대하려는 것이
다. 과거의 '나'를 향해 손을 뻗을 때, 공포는 더 이상 그를 억
압하지 못한다. 이제는 오히려 그가 그의 공포를 억압한다.
　앞에 인용한 매체 기고문에서 김승일은 "그 시절 나에게 없

었던 것은 저항의 마음이었다. 도대체 어떻게 그렇게 무지막지한 심리적, 물리적 폭력을 향해 저항할 마음을 가질 수 있었겠는가. '제발, 그만 좀 해 줄 수 없을까?'라고 개미만 한 목소리로 애원하는 것마저 더 큰 모욕으로 다가와 가슴을 치는, 피해자만 사람인 현장에서, 어떻게 저항이란 개념을 떠올릴 수 있을까"라고 말한다. 그러면서 "저항의 정신은 생활 속에서 내재화되"어야 한다고 주장한다. 소수자와 약자들이 저항의 마음을 가지려면, 저항의 정신을 생활 속에 내재화하려면 "폭력을 폭력이라고 처음 발음해 보"는 용기가 필요하다. "사랑을 사랑이라고 처음 갈음하"는 연대와 손잡아야 한다. 그 어려운 용기를 북돋기 위해서, 홀로 고립되어 있지 않음을 알려 줄 연대의 감각을 위해서, "살리는 세계를 만나"게 해 주기 위해서 김승일은 약속한다. "우리는 결코 우리를 막 다루지 않을 거야"(「Vantablack」)라고, "널 혼자 두지 않을게"('시인의 말')라고.

  "나를 팼던 선배…… 나를 죽일 뻔했던 선배는/ 사람들 사이로 아무렇지 않게 돌아와 있다/ 사람들 바깥에서 방관자 둘과 함께"(「수학의 정석」) 있는 "그들을 다시 만나야 한다면/ 그들을 다시 만나러 가야지"('시인의 말') 말하는 시인의 용기는 단호하다. "내가 응시할 때만 모욕은 모욕처럼 행동한다"(「이중슬릿실험」)는 것을 이제 알기에, 때로는 훈육이라는 이름으로, 때로는 사랑이라는 거짓말로 저질러진 학대와 착취, 가스라이팅의 민낯을 똑바로 보겠다는 것이다. 폭력의 가해자와 방관자들에게 진짜 모욕과 수치를 돌려주겠다는 것이다. 폭력이 얼마나 잔인하고 비열한 짓인지, 얼마나 쓰레기 같은 짓인지 깨닫는 순간, 그날의 기억으로부터 제대가 안 되는 것은 이제 그들이다. 과거의 악행 속에서, 죄책감과 후회 속에서 평생 괴로워하리라. 그러나 극한까지 독하지는 못한 시인은 "두려움이 썩어 혐오가 되지 않게/ 태양을 맨눈으로 보"(「심장이 뛰는 곳, 여기가 조금씩, 변하고 있다는 걸 알았니?」)려 한다. 인정하기 싫지만, 때로 가장 통쾌한 복수는 용서. 처절한 응징보다 "나는 너희처럼 하지 않겠다"는 반면교사의 성숙한 관용이 끝내 승리하는 것이다. 공포가 아니라 오직 사랑이 신을 만든다.

연약해지는 이에게 강함을 강요하는 세계는 너무 낡고 오래되었다. 시인은 "내가 연약해지는 만큼 함께 연약해지는 세계"를 개척하는 중이다. 그 세계에서 "부서지기 쉬운 것들"(「1541 콜렉트콜」)을 끌어안으려 한다. '1541 콜렉트콜'은 수신자 부담 전화다. 상대방이 완전하게 수용해 줘야만 교류가 가능한 비대칭의 관계망이다. 타자에 대한 무한 수용과 무한 책임, 그것이 바로 타자 윤리다.

시는 힘센 것들을 따르지 않는다
연약한 것들을 더 연약하게 할 때
시는 죽어 가는 것들을 버리지 않는다

(……)

지금, 여기서 사라져 가는 시의 영향력

여기서 끈질기게 살아남는 시라는 이름의 영향력

— 「시는 시를 짓밟지 않는다」 부분

타자 윤리 실천의 뜨거운 방법론으로 김승일은 시를 제시한다. "시는 시를 짓밟지 않는다"는 믿음, 시에는 어떤 폭력도 억압도 착취도 공포도 없다는 순정한 신앙이 그를 여기까지 걸어오게 한 힘이다. "힘센 것들을 따르지 않는" 시만큼은 위계, 경력, '짬' 따위 세속 권위와 정상성 개념에 점령되지 않기를 바라는 시인의 소망은 위태롭기만 하다. "지금, 여기서 사라져 가는 시의 영향력"을 지켜보는 것은 괴롭지만, 끝끝내 "끈질기게 살아남는 시라는 이름의 영향력"을 향해 우리가 손을 모을 때 "시는 죽어 가는 것들을 버리지 않는"다. 이 무모하고 가없는 순수한 운동을 위해, "사랑을 사랑이라고 갈음하"면서 "죽어 가는 것들"을 살리는 슈퍼 히어로 시인을 위해 나도 두 손을 든다. 어디선가 〈드래곤볼〉 속 손오공의 대사가 들리는 듯하다. "지구인들아, 나에게 기를 조금만 나눠 줘!"